KB168212

# 달리기가 나에게
# 알려준 것들

길 위에서 발견한 가슴 뛰는 행복

# 달리기가 나에게
# 알려준 것들

오세진 지음

프레너미
FRENEMY PUBLISHING

미처 남들이 알지 못하는 세계에 먼저 몸을 던져 경험함으로써 뒤에 따라오는 분들에게 도전하는 즐거움과 성취의 기쁨을 동시에 선사해주고 있다. 매사에 겸손하고 진지하며, 어떤 일이든 준비에서 진행, 마무리까지 최선을 다하는 열정을 발견하고는 '아~ 저런 달림이가 나에게는 스승이구나!'라는 생각이 들곤 한다. 우리는 작가에게 많은 빚을 지고 있는 것이다.

— 이윤희(파워스포츠과학연구소 대표, 운동생리학 박사)

200미터 달리기도 버거워하던 달알못에서 250킬로미터 고비사막마라톤 완주까지 장족의 발전을 한 달리기를 너무도 사랑하는 세진이. 달리기 후 마시는 청량감 가득한 콜라에서, 달리기 후 온몸을 감싸는 나른함에서 행복을 느낀다는 그녀의 글에서는 삶에서 주는 소소한 기쁨과 일상에서 얻게 되는 작은 성취감이 묻어난다. 사람과의 만남, 자연을 너무도 사랑하는 달리기 벗 덕분에 나의 삶, 달리기에도 힘이 실린다.

― 권은주(여자 마라톤의 전설)


　난《몸이 먼저다》란 책을 썼고 저자는《몸이 답이다》란 책을 썼다. 그 즈음 달리기 얘기를 해서 그런가보다 했는데 이 책을 읽으면서 헬스 못지않게 달리기 또한 일정 경지에 올랐음을 느꼈다. 헬스를 하는 사람은 많다. 그러나 거기에 달리기까지 하는 사람은 많지 않다. 플러스 글까지 쓰는 사람은 극히 드물다. 앞으로 작가는 무엇과 사랑에 빠질까? 그게 궁금하다.

― 한근태(한스컨설팅 대표)


　작가의 삶 속에는 언제나 활기찬 긍정의 에너지가 차고 넘친다. 누구는 사막이 아름답다고 하지만 누구는 고통스럽다고 이야기한다. 고비사막에서 물집으로 일그러진 발을 가지고 250킬로미터를 달린 그녀. 누가 보아도 고통스럽게 느껴질 수도 있었지만 그 누구보다 밝고 환하게 온전히 자신의 시간을 사막과 하나로 만들었다. 책 속에서 사막의 아름다움을 느낄 수 있었기에 나는 또다시 사막을 달리는 꿈을 꿀 수 있었다. 자신의 언어로 한 글자 한 글자 써내려간 매력적인 책을 많은 독자들과 함께 나누고 싶다.

― 유지성(《사막의 아들》, 《하이크레이지》 저자)

최근에 동네를 산책하다 한 번 달려보자는 생각을 했고, 처음엔 쉬엄쉬엄 달리다가 어느 순간 '전력질주'를 해보았다. 턱끝까지 숨이 차올랐지만, 가슴이 뻥 뚫리고 머리가 맑아졌다. 놀라운 경험이었다. 나는 겨우 한 번 맛본 경험을 그녀는 매일 하고 있다. 행복한 삶을 향해 포기하지 않고 달리는 힘을 갖게 된 그녀. 단단하고 긍정의 에너지가 넘치며 그 누구보다 강인하고 행복한 사람이 된 그녀를 응원한다. 자, 이제 달리자!

—손정은(MBC 아나운서)

Your passion to succeed each day in the desert has encouraged many runners. Your feet, battered by blisters, were more disfigured and painful than any other runner. Just as you completed the race in your own style, you left many footprints with incredible memories for others to follow. You will be loved by many as they feel the pain and triumph through each captivating page in your book. See you next time in the desert.

—Mary k. Gadams(Racing The Planet 대표, 어드벤처레이스 전문가)

≪에너지 마커스 팀≫

운동을 좋아하지만 달리기에는 막연한 두려움이 있었던 제가 작가님을 만나 느닷없이 시작하게 된 달리기로 삶의 에너지를 가득 충전받고 있습니다. 자연과 내가 하나 되어 자연스럽게 달리기와 함께 호흡하는 방법을 그녀를 통해 배울 수 있었습니다. 저처럼 두려움으로 망설이고 있다면 이 책을 읽고 한 걸음씩 나아가보시길 권해요.

— 이명화(Philips Korea SCM Specialist)

달리기를 통해 핑계대지 않고 세상에 도전하는 힘이 생겼습니다. 어떤 일이든 나에게 주어진 일을 묵묵히 참고 이겨내는 힘, 그리고 고독을 즐기는 힘도 생겼어요. 삶이 힘겹고 의미 없을 때 한번 달려볼 일입니다. 100일 동안 매일 달리기를 하고 있습니다. 매일 달리는 일이 말처럼 쉽지 않습니다. 틈만 나면 달리지 않을 핑곗거리를 찾게 되니까요. 그런데 일단 달리고 나면 너무 좋습니다. 달리기를 마치고 나면 세상에 못 해낼 것이 없을 것 같아요. 달리기는 하면 된다는 걸 가르쳐 주었습니다.

— 이선우(런앤런 대표, 명지대학교 객원교수)

'달리기가 뭐 별거야? 그냥 뛰면 되지.' 오세진 코치를 만나기 전 들었던 생각이다. 베일 속에 있는 달리기가 주는 행복은 육체의 건강 그 이상이다. 떨어질 것 같은 고난과 절망으로 열정의 에너지가 필요한 사람에게 꼭 추천 드리고 싶은 책이다. 그녀와 함께 나는 오늘도 열정을 샘솟게 하는 달리기를 하고 있다.

— 이기호(열정테이너)

달리기를 왜 하는 걸까? 달리기를 시작하기 전까진 그 이유를 알 수 없었다. 이제는 그 이유를 알겠다. 달리면서 행복을 발견하게 되고 살아갈 힘을 얻으며 감사한 맘을 갖게 된다는 것을. 달리기의 소중함을 깨닫기 시작한 나에게 이 책은 선물을 넘어선 보물 같은 책이다. 책장의 마지막을 넘길 때쯤이면 모두 운동화 끈을 조여 매고 있지 않을까?

— 권수연(홈플러스 과장)

내 인생은 달리기를 하기 전과 하고 난 후로 나뉜다. 아니다. 거슬러 올라가 오세진 작가를 만나기 전과 만난 후로 나뉜다. 그리고 이제 내 삶의 업그레이드는 이 책을 읽기 전과 읽은 후로 또 나뉠 것이다.

— 곽동근(《에너지 스타》저자)

힘들고 지칠 때, 마음정리가 필요할 때, 달리는 일이 이렇게 힐링이 될 줄 몰랐어요. 작가님을 알게 된 후 달리기를 시작한 후 알게 되었어요. 얼굴을 스치는 시원한 바람이, 가파른 호흡이, 제 마음의 걱정덩어리들을 날려주더라고요. 마음의 충전이 필요할 때 운동화 신고 달려보세요.

— 김유선(아모레퍼시픽 책임)

# CONTENTS

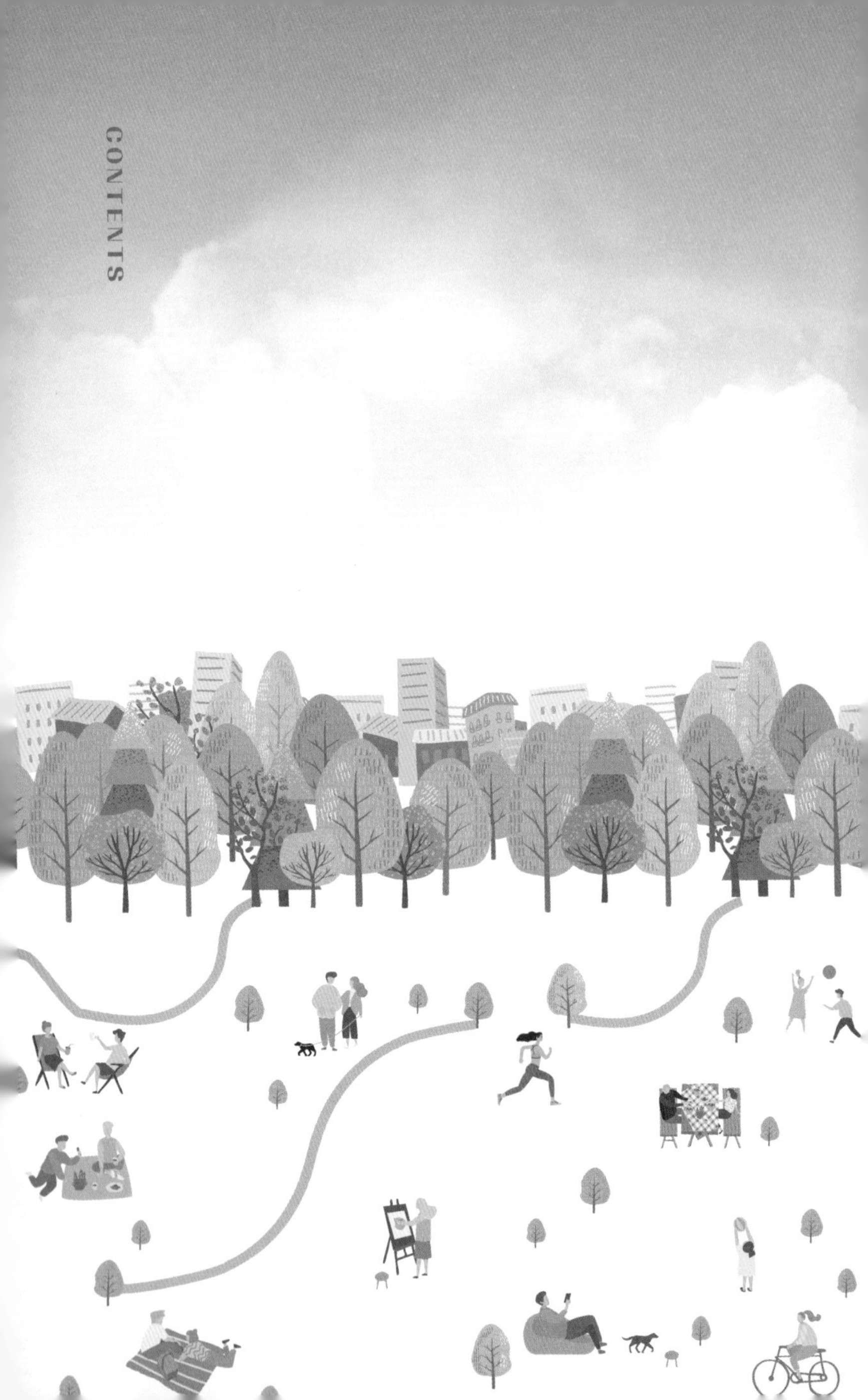

# 1

## >> 런린이에서 달림이로!

나는 달알못입니다 023

사막1. 사막의 서막, 고비사막레이스 033

사막2. 발목에 발목 잡히다 045

사막3. 와이파이의 부재 그리고 만남 051

헐떡임과 허덕임 059

격하게 뛰고 싶지 않았다 063

변하니까 사람이다 071

무라카미 하루키와 나 077

# 2

## >> 도전! 나의 첫 달리기

아무튼, 나의 첫 달리기      085

풀코스 도전기      093

정글에서 포디엄에 오르다      101

러너의 몸이란      111

달리기 좋은 날씨란 없어      117

설렘과 뒤척임 그 사이에서      119

멈춰 서도 괜찮아      125

나는 이렇게 달려      129

남산에 살어리랏다      131

# 3

>> 함께 더 멀리 자유롭게!

달리기와 인문학      139

장비빨이야      151

근육통은 성장통이야      157

함께 더 멀리가기      161

당신의 연골은 괜찮습니까?      167

울트라러너가 되고 싶습니다      171

의도적 빈곤상태가 행복한 이유      177

나른한 육체와 잠든 영혼을 계몽하는 시간      183

달릴절      189

러닝 이펙트      193

# 4.

## >> 달리는 시간 여행자

| | |
|---|---|
| 달리는 여행자 | 203 |
| 러너비 | 213 |
| 월드 챔피언과의 만남 | 219 |
| 나를 사랑하는 방법 | 229 |
| 봄 맞으러 가자 | 233 |
| 피니셔컵에 담긴 맥주 | 239 |
| 에너지 마커스 러닝팀 | 247 |
| 나답게 존재하기 | 255 |
| 어디까지 가게 될까 | 259 |

start

새로운 모험을 감행할 때까지
미래에 무엇이 놓여 있는지 아무도 모른다.
그것이 출발선의 미학이다.

-앰비 버풋(1968년 보스턴마라톤 위너)

출발선에 선 당신과 함께합니다.

달리면서
번쩍하며 한줄기 섬광처럼 꽂힌 그 느낌 하나가
힘든 순간을 극복하게 하고,
결국 그 순간을 영원히 기억하게 한다.
그리고 계속 달리게 한다.

-오세진

# 1

>> 런린이에서 달림이로!

## 나는 달알못입니다

~~~~~~~~~~~~~~

새는 날고, 물고기는 헤엄치고,

인간은 달린다.

- 에밀 자토페크(Emil Zatopek)

"달리기 좋아하세요? 한 번 해보실래요?"

"아뇨. 그럴 리가요. 저는 체력장 이후로 달려본 적이 없는 사람이에요."

버스를 놓칠까봐 전력질주를 하다가도 "에이, 다음 버

스 타지 뭐"라며 이내 멈춰 선다. 숨이 차오르는 느낌이 싫다. 뛰는 행위 자체가 어색하고 불편하다. 뜀박질하는 내 모습이 얼마나 우스꽝스러울까 하며 타인의 시선도 신경 쓰인다. 노트북 하나 들고 집 근처 카페에 나갈 때도 운동화가 아닌 자동차 열쇠부터 챙긴다. 열 발자국 이상의 거리는 걷는 거 아니라며 문명의 이기를 최대한 활용한다. 그런데……나만 그런 거 아니지?

　달리기를 좋아하지도 않고 달릴 일도 없는 일상이다. 그 지루하고 힘든 걸 왜 뛰고 있는지. 차 타고 가면 되는 거리를 왜 힘들게 달릴까? 저러다가 무릎 다 나가서 병원 신세 지겠지. 뛰는 이들을 도통 이해할 수 없다. 이렇듯 나에게 달리기는 대체로 힘들고 귀찮은 행위임을 전제로 한다. 달리기가 무척이나 낯선 서른일곱 살의 보통 여자. 그냥 살기도 빡빡한 세상, 이래저래 불편하고 힘든 것을 더하고 싶지 않아 그냥 멈춰 서는 게 편했던 나란 사람.

　달리기와는 데면데면도 아닌 전혀 모르는 사이로 살아왔지만 그렇다고 운동 자체와 담을 쌓은 것은 아니다. 나이 먹고 아픈 것만큼 서러운 게 없다는 건 귀에서 피가 나는 것도 모자라 피딱지가 앉을 만큼 많이 들어왔다. 알게 모르게 내 잠재의식 속에 잘 자리 잡고 있는 말 덕분에 잘 먹고 잘 살아가려면 건강해야 한다는 생각으로 늘 운동 언저리에는 머물러 있었다. 물론 그 역시도 호락호락하진 않았다. 예전의 나는 운동 한 번 할라치면 큰마음을 먹어야 했다. 나이 먹는 것도 서러운데 에후……, 이것저것 큰마음까지 먹어야 그나마 실천을 하니 마음만 먹다가 소화불량에 걸릴 지경이었다.

아무튼 운동의 가치와 의미를 알기 전에도 새해가 되면 대단한 결심을 하고 헬스클럽에 등록을 했다. 각종 운동 기구가 '나를 좀 바라봐' 하며 놓여 있지만, 용도를 알 수 없고 사용법을 몰라 두리번대다가 가장 만만한 러닝머신에 오른다. 역시 운동은 유산소가 최고지! 스스로에게 주문을 걸고 꾸역꾸역 달리고 걸어본다. 지루함을 달래기 위해 음악도 들어보고 TV 시청도 해보지만 역시나 '이걸 내가 왜 하고 있지?'라는 생각을 지울 수 없다.

큰맘 먹고 등록한 헬스클럽이지만 점점 출석률이 낮아지다가 결국에는 회원권이 만료된 후에야 사물함 속 운동화와 짐을 가지러 민망한 얼굴로 방문하게 된다. 내 지인의 회사 동료는 회사에서 복지 차원으로 끊어준 무려 일 년짜리 헬스 회원권을 달랑 네 번 운동하고 끝냈다고 하니, 뭐 나만 그런 건 아닌 게 확실한 듯. 어쨌든 연초에 일주일 정도 러닝머신 위에서 보낸 시간이 일 년 동안 있을 뜀박질의 전부가 되고, 그때 흘린 땀이 달리기를 하며 흘린 마지막 구슬땀이 된다. 필요성은 인지하지만 몸이 쉽사리 움직여지지 않는 것이 사실이다. 운동은 해야 한다는 것은 알지만 실천하지 못해 마음만 불편하게 쿡쿡 쑤셔대는 계륵 같은 존재였다. 거기에 달리기? '달리기 = 재미'라는 공식은 영원히 성립하지 않을 것 같았다. 자주 만나는 이들 역시 달리기와는 담을 쌓고 사는 터라 우리의 대화에 달리기가 주제로 올라오는 경우도 없었다. 그렇게 나는 달알못(달리기를 알지 못하는 사람)으로 살아왔다.

그러던 내가 어쩌다 달리기를 만났다. 어떻게 뛰어야 하는지도 뭘 입고 무슨 운동화를 신어야 하는지도 몰랐지만 그냥 달렸다. 초반에 손수건을 이용해 난해한 두건 패션을 선보이며 뛰기도 했다. 모자를 쓰면 될 것을 햇볕에 탈까 봐 두건을 동여맨 모습이라니. 마치 '이 구역 패션테러리스트는 나야 나!'라고 외치는 듯한 그때 사진을 보면 좀 부끄러워진다. 달리는 즐거움에 집중하기보다 내가 어떻게 보여질까가 더 신경 쓰였고 달린 후에 찾아오는 근육통에 기분이 상했다. 그리고 그때 알았다. 내가 남의 시선을 그토록 신경 쓰는 사람이라는 것을 말이다. 나답게 살면 될 것을 왜 남들처럼 살려고 했는지 모르겠다.

거기에 운동화는 다 같은 운동화인 줄 알았다. '아무거나 신고 뛰면 되는 거지'라는 생각에 5년도 넘은, 그냥 집에서 굴러다니던 운동화를 신고 달렸다. 나중에 알았는데 이미 체중을 받쳐줄 쿠션이 다 내려앉아 버려야 마땅한 상태였다. 그런 상태의 신발을 신고 달렸으니 발바닥과 무릎이 아픈 건 당연했다. 러닝화는 마르고 닳고 닳을 때까지 신는 게 아닌 300킬로미터 정도 러닝 후에는 과감히 버려야 하는 소모품이다. 하마터면 달리기는 나랑 맞지 않는다, 단정하고 그만둘 뻔했다. 다 잘 몰라서 생긴 문제였다.

지금은 심오하고 넓은 달리기의 세상을 접한 지 4년 차로 이제 갓 런린이(런닝+어린이: 초보 러너 또는 비기너를 의미하는 말) 태를 벗어났다. 달리기 좀 하는 요즘 사람들은 비기너라는 말보다 런린이라는 말을 더 많이 사용한다. 어쨌든 지금은 달리는 순간에 오는 그 즐거움과 몸의 반응에 집중하게 됐다. 다리도 제법 달리기용 근육이 탄탄하게 자리하고 있어 하루가 멀다 하고 찾아오던 근육통이 아주 뜸하게 온다. 심지어 '우아, 운동 제대로 됐네!'라며 이젠 그 근육통이 반가울 정도다. 예전에 비하면 장족의 발전이다. 이렇게 나는 런린이를 졸업했다.

내 SNS를 보는 이들이 "요즘 강연은 안 하느냐, 글을 쓰고는 있는 거냐"라고 묻는다. "볼 때마다 뛰던데요?" "일주일 내내 달리는 건가요?" 심지어 "아주 직업을 바꾼 거냐"라고 묻는 이들도 있다. 지인들조차 태릉에 들어갈 작정이냐고 한다. 하긴 내가 봐도 그렇게 물을 만하네. 온통 달리는 모습뿐이니. 그럴 만도 하지. 달리기에 관련된 내용을 주로 공유하긴 하지만 잘 달리기 위해서는 잘 먹어야 하고 잘 먹기 위해서는 열심히 일해서 돈을 벌어야지! 현실에 발붙이고 사는 우리에게 먹고사는 일을 게을리할 수는 없는 터, 일도 열심히 하고 있고 글도 꾸준히 쓰고 있다.

요즘엔 주로 달리기에 대한 활동과 정보를 SNS에 올리다 보니 이런저런 질문들이 많다. 막 달리기를 시작한 사람들이 뭘 입어야 하고, 뭘 신어야 하는지 연습은 어떻게 해야 하는지 등의 질문을 자주 해온다. 가끔은 사진 속에 내가 신고 있는 운동화의 제품명을 물어오는 사람도 있다. 때론 달리기 후에 무릎 옆쪽이 아픈데 이런 경우에는 어떻게 하는 것이 좋은지에 대한 물음도 있다. 물론 내가 경험했고, 알고 있는 부분에 대해서는 성심 성의껏 답변을 한다. 하지만 사실, 여전히 전문적인 영역에 대한 부분은 아는 것보다 모르는 게 더 많다. 그래서 계속 배우고 있고 더 많이 느끼려고 한다.

나는 달린 후 마실 콜라에 대한 열정 하나로 뛴다. 세상에서 가장 맛있는 콜라는 숨차게 힘차게 달리며 땀을 쫙 빼고 마시는 콜라다. 그리고 달리기 후에 온몸을 감싸는 그 나른함을 사랑하기에 계속 달린다. 물론 이 외에도 달리기를 사랑하는 이유가 더 많지만 말이다. 나보다 조금 늦게 달리기를 만난 '달알못' 런린이들의 질문을 받으면 오지랖이 발동된다. 알려주고 싶다. 함께 느끼고 싶다. 달리기에 대한 기술적인 부분이 아닌 달리며 만나게 되는 여러 즐거움들에 대해서 말이다. 런던마라톤 3회 우승에 빛나는 폴라 래드클리프(Paula Radcliffe)는 이제 갓 러닝을 시작한 사람들에게 조언을 부탁하는 자리에서 "일단 나가서 달려보세요. 직접 해보면 재미있는지 없는지 알 수 있잖아요"라고 했다고 한다. 그래 그거다. 직접 해볼 수 있게 함께 달리는 것! 더불어 즐거움을 나누며 행복하게 뛰어보는 것! 이건 내가 충분히 잘할 수 있는 부분이다.

어떻게 뛰어야 하는지, 언제, 얼마나 달리는 게 좋은 건지 그야말로 호기심 천국인 런린이들. 아무리 생각해도 이 표현 너무 찰떡처럼 딱 맞는다. 궁금한 거 많고 수시로 세상에 질문을 던지는 어린이의 마음으로 돌아가서 모르는 내용은 함께 공유하고 동질감도 느껴보고 함께 성장해가는 즐거움을 경험하면 좋겠다. 그런데 이런 내용들에 대해 정보를 얻을 수 있는 곳은 많지 않다. 나 역시 함께 운동했던 사람들을 통해 알아왔고 시행착오를 경험하며 깨달았다. 질문해오는 이들에게 나는 "제 말이 정답은 아니지만 저는 이렇게 했어요"라고 답한다. 세상에는 유일한 정답이 아닌 여러 개의 해답이 존재한다.

많은 사람들이 자신만의 방식으로 달리기를 알아가고, 심장의 힘찬 박동을 느끼며, 좋은 에너지로 충만해지길 바란다. 그것이 궁극적으로 내가 추구하는 방향이다. 나 역시 여전히 달리기를 알아가고 있는 과정에 놓여 있기에 '나처럼 해봐요'가 아닌 '우리 함께 해봐요'에 더 가까운 글이다. 출발하기 위해 위해대질 필요는 없지만 위대해지려면 출발부터 해야 한다는 레스 브라운(Les Brown)의 말처럼 지금 이 글을 읽고 있는 당신이라면 자신도 모르는 사이에 달리기 DNA가 꿈틀대며 세상으로 달려나오고 싶을 것이다. 그렇다면 뭘 더 망설이는가! 달리기를 하기 위해 잘 뛸 필요는 없다. 그저 달리고 싶다면 출발하면 된다. 그 시작을 함께 하고 싶다. Are you ready?

# 사막 1
## 사막의 서막, 고비사막레이스

~~~~~~~~~~~~~~~~~~

250킬로미터를 달렸다.

6박 7일 동안 고비사막을.

열아홉 끼의 식량을 배낭에 짊어진 채로.

땟국물이 좔좔 흐른다. 고로 나는 거지꼴이 됐다.

몰골은 엉망이지만 내 눈빛은 그 어느 때보다 반짝
였다.

완주 못하면 돌아오지 말라는 응원인 듯 응원 아닌 응
원의 말에 힘입어 250킬로미터의 레이스를 완주했다.

머리카락이 가닥가닥이 아닌 한 뭉텅이씩 떡이 져 있는 아침. 찰진 머릿기름이 흘러내려서인지 얼굴에 반질반질 윤이 난다. 극건성 피부인 내가 다름 아닌 사막에서 꿀광을 얻었다. 물이 귀한 곳이라 식수 이외에 함부로 낭비할 수가 없기에 닷새째 머리는커녕 세수도 생략한 생활을 하고 있다. 동전티슈에 물을 고양이 눈물만큼 묻혀 닦아내고 있다. 흙먼지를 닦아내기엔 역부족이지만 어느새 적응이 된 덕분에 견딜 만하다. 떡 진 머리를 잘 매만져 모자에 밀어 넣고 눈곱만 떼어낸 얼굴에 선크림을 두껍게 올린다. 이마저도 귀찮은 일이지만 태양 빛이 너무나 강하기에 화상을 막아야 했다. 이삼 일까지는 못 견디게 찝찝하고 가려웠는데 그 후부터는 지금의 생활이 세상 편해졌다. 아무래도 이런 생활이 체질인가보다. 이 정도면 적응력 하나는 갑(甲)이다.

그렇다. 나는 지금 6박 7일간 고비사막에서 진행되는 대회에 참여한 선수다. 태극기를 옷에 한 땀 한 땀 오버로크하고 국가대표로 빙의해 최선을 다해 레이스에 임하고 있다. 캐나다, 미국, 이탈리아 그리고 대한민국 국적을 가진 여섯 명의 선수가 함께 사용하는 텐트 생활이 이제는 제법 익숙하다. 새벽 다섯 시부터 분주하게 움직이는 텐트 메이트들 덕분에 오늘도 일찍 눈을 떴다. 정신 차린 후 산발된 머리부터 정리하고 침낭을 개기 시작한다. 25리터의 배낭 안에 열아홉 끼의 식량과 대회에 필요한 필수장비를 눌러 담고 아침 먹을 준비를 한다. 뜨거운 물만 공급받을 수 있기에 부서진 라면에 물을 부어 후루룩 먹는 게 다지만 먹어야 갈 수 있고 먹은 만큼 갈 수 있기에 소중히 감사히 식사를 한다. 밥심이라는 말이 괜히 나온 게 아님을 사막에서 절실히 느꼈다. 허기짐을 느끼는 한순간 무너지게 된다. 밥을 먹고 난 후 숟가락과 그릇도 티슈로 쓱쓱 닦아 넣어둔다. 며칠간의 묵은 양념 때와 기름기가 배어 있는 그릇에 다시 음식을 덜어 먹는다. 그리 먹어도 배탈 한 번 없이 잘 지낸 거 보면 소화력과 면역력 하나는 끝내주는 편이다. 적응력, 소화력 거기에 면역력까지 나도 몰랐던 내 뛰어난 능력을 발견하는 재미도 쏠쏠하다.

출발 전에 꼭 해야 할 중요한 일이 있다. 화장실에 다녀오는 것이다. 일단 레이스가 시작되면 사방이 트인 끝없는 초원을 달리거나 모래언덕을 넘어야 한다. 도중에 큰일을 보고 싶으면 그야말로 난감해진다. 물론 이 역시 나중에는 무뎌져서 레이스 도중 나를 훑어보는 소떼 사이에서 용변을 보기도 했지만 말이다. 모두가 그런 상황이기에 부끄러움은 없었다. 지극히 자연스러운 행동이었다. 때로는 이렇게 문명의 편의로부터 의도된 단절이 필요하다는 생각도 들었다. 그 속에서 느껴지는 자유로움과 해방감을 맛봤다고 나 할까?

아무튼 이번 고비사막레이스는 지금까지 참여한 대회 중 250킬로미터라는 최장 거리, 6박 7일 동안 달리는 최장 시간의 대회다. 거기에 잠자는 텐트와 뜨거운 물을 제공받는 거 말고는 자급자족해야 한다. 배낭 무게는 11킬로그램이다. 물론 지금은 그간 먹어 치운 식량 덕분에 한결 가벼워지긴 했지만 여전히 양 어깨엔 피멍이 들어 있다. 그간의 레이스로 발바닥과 양쪽 발가락엔 물집이 존재감을 뽐내고 있다. 퉁퉁 부어 양말을 신기도 힘들고 한 발 내딛는 것이 고역이다. 발톱 아래까지 고름이 차고 염증이 생겼다. 걸을 때마다 고름이 새어 나오는 게 느껴졌다. 이른바 모래 위가 아닌 물집 위를 걸으며 레이스에 임했다. 약간 오버해서 3년간 먹을 진통제를 레이스 도중 다 먹은 듯하다. 그럼에도 아침이면 다시 일어나 걸을 힘이 생긴다. 물론 걸음걸이는 어기적거리며 우스워졌지만 오늘의 40킬로미터도 분명 행복하게 완주하리라 다짐하고 출발선에 선다.

한 걸음, 첫 걸음은 힘들다. 하지만 한 걸음이 다음 걸음을 가능하게 하고 어느새 그림 같은 풍경 속에 들어와 있는 나를 발견한다. 눈길이 닿는 모든 곳이 감탄사를 자아낸다. 그 풍경과 경치를 보고 할 수 있는 말이 고작 우아, 라는 빈곤한 내 어휘에 실망함도 잠시 한 걸음 한 걸음 소중히 옮긴다. 매일 자연이 주는 엄청난 선물을 받는 기분이었다. 말로만 듣고 사진으로만 봤던 사막에 대한 이미지와는 판이하게 달랐다. 생각 이상, 상상 이상이었다. 직접 보지 않으면 결코 알 수 없는 대자연의 웅장함을 느꼈다. 그래서 겸허해지기 위해 사람들이 산에 오르고 겸손해지기 위해 모험을 하나보다.

자연에서 받는 감동은 물집으로 인한 고통을 상쇄하기에 충분했다. 물론 그렇다고 해서 전혀 고통이 없는 것은 아니었다. 이른바 무릎을 낮추고 발을 끌듯이 밀어내는 장거리에 적합한 울트라 주법으로 이동을 할 때였다. 발바닥에 전달되는 하중을 스틱으로 분산시키고 최대한 통증을 줄여보고자 노력했지만 울트라 주법이 울드라 주법이 되었다. 마음처럼 나가지 않는 몸 때문에 속상했고, 함께하는 팀원들에게 민폐가 되는 것 같아 죄송한 마음에 나도 모르게 울음이 터졌기 때문이다. 그런 나에게 "사막에서 급한 볼일 있어? 우리 시간 엄청 많아. 천천히 가도 괜찮아" "나도 힘들었는데 덕분에 페이스 조절 잘 되고 있으니 걱정 마"라며 끌어주고 힘을 준 동료가 있어 무너지지 않았다. 그리고 무엇보다 두 팔 벌려 나를 환영해주는 자연 속에 있어서 방전되지 않았다. 칼 융(Carl Gustav Jung)의 "우리는 자연과 접촉할 때마다 정화된다"라는 한 마디를 온몸으로 느꼈다.

그 힘든 걸 왜 하려 하는지 곱지 않은 시선을 보내는 이들도 있었다. 수백만 원을 준다 해도 나라면 거기 안 간다고 이야기하는 지인들도 있었다. 그러게 나는 왜 사막에 가려고 하는 걸까? 자문해봤다. 생각이 많아지다가 이내 단순해진다. 나를 사막으로 데려간 것은 마음이다. 내 마음이 그곳에 나를 데려다놓았다. 내세울 만한 멋진 스토리도 없고 누군가에게 감동을 줄 만한 이유는 없지만 내가 내 마음에 충실하고자 떠나온 길이다. 그게 이유다. 마음이 원해서 하는 일에 무슨 설명이 더 필요할까.

'사막' '사막의 밤하늘' '별' '미지의 세계' 이런 단어에 내 심장박동이 반응한 것이 7년 전이다. 그때는 달리기를 만나기 전이기에 사막에서 달릴 생각은 못 했지만 그곳에 꼭 가보고 싶다라는 마음이 조금씩 자라고 있었다. 그 사이 교통사고를 겪게 되고, 삶에 큰 변화들을 겪으며 차마 그 마음을 외면했다. 그러다가 몸 컨디션이 좋아지고 달리기를 시작하면서 깊은 곳에 켜켜이 쌓아둔 마음이 고개를 들었다. 지금도 달리기와 친해지는 과정에 있지만 이왕이면 그토록 가고 싶던 사막을 두 다리로 가보고 싶은 마음이 커져만 갔다.

간절히 마음이 원하는 것들이 머리로 올라가면 하지 말아야 할 이유들을 만들어낸다. 경제적인 부담, 일주일 이상의 시간을 비워야 한다는 것에 대한 불안감, 체력적인 걱정 등에 매몰 되다보면 결코 떠날 수 없게 된다. 그때 감사하게도 참 단순하게 회로가 작동했다. JUST GO! 머리가 생각에 빠지기 전에 실천하자. 그래서인지 나는 행동주의자, 경험주의자라는 말을 좋아한다. 마음이 원하는 것을 확실히 파악했다면 실행할 차례. 준비할 것은 시간, 돈, 체력이었다. 하지만 이것들을 고민하기 전에 우선 신청부터 서둘렀다. 해외여행 가는 가장 확실한 방법은 '비행기 티켓 사기'라는 말이 있듯, 대회에 참가하는 가장 확실한 방법은 '신청하기'이기 때문이다.

대회 신청비를 내는 날, 신용카드를 쓰지 않는 탓에 은행에서 처음으로 해외송금을 해봤다. 제법 큰돈이 빠져나갔지만 평소에 '물건을 사기보다 경험을 사자'라는 마음으로 살아서인지 아깝다, 비싸다는 생각이 들지 않았다. 재정적으로 여유가 넘쳐서가 아니다. 몇 년 전 히말라야 등반 시 200만 원 초반대의 돈을 내고 다녀왔는데 지금 나에게 몇억 이상의 가치 있는 경험이 되었기에 나는 모든 경험은 살 만한 가치가 있다고 생각했다.

시간 역시 프리랜서인 나에게 부담이 될 수 있는 부분이다. 자리를 비웠을 때 대체 가능한 사람이 되거나 실기할 가능성이 크기 때문이다. 하지만 마음의 뜨거움을 유지하고 싶었고 일단은 가보자고 결심했다. 한 번뿐인 삶이고 다시 오지 않을 지금이다! 물론 그 선택으로 지금 손가락을 빨고 있는 처지긴 하지만 "살아 있는 한 희망은 있다(Dum vita est, spes est)"라고 주문을 외워본다.

체력적인 부분은 그동안 몸의 기능적인 부분, 건강을 위해 노력해온 시간들이 있기에 스스로를 믿어보기로 했다. 나름의 방식으로 사막레이스가 고생길이 아닌 적어도 웃으며 그 공간과 사막에서의 시간을 온전히 경험하고 느낄 수 있을 정도의 몸은 만들었다고 생각했다. 물론 예상치 못한 물집으로 발목을 잡히긴 했지만 무사히 완주했으니 그걸로 됐다.

결과적으로 6박 7일간 사막을 달리며 오감이 깨어났다. 몸은 지쳐갔지만 영혼과 감각은 더 명료해졌다. 먹고 자고 입는 의식주를 배낭에 짊어지고 가는 행위가 삶을 살아가는 모습과 다를 바 없었다. 하루하루를 의미 없이 죽지 못해 살아내고 있는지 자신이 가고자 하는 길을 향해 살아가고 있는지 투영됐다. 무거운 배낭이었지만 이내 그 무게에 적응이 됐는지 견딜 만해진다. 이 길 위에서 내가 발걸음을 옮기지 않는 한 제자리다. 결코 끝나지 않을 레이스이기에 부단히 움직여야 한다. 그 움직임이 나를 깨어 있게 하고 단순히 생존하는 것이 아닌 나로서 존재함을 느끼게 했다. 그렇게 계속 나아가다보니 완주의 달콤함과 짜릿함을 맛볼 수 있었다.

이렇게 사막의 끝에서 무언가 심오한 것을 발견하지는 못했지만 삶을 대하는 태도를 배울 수 있었다. 고통을 창조적으로 승화시키며 목표를 향해, 행복 가까이로 달려가는 힘을 키울 수 있었다. 그리고 안 씻어도 되는 해방감도 맛보았다. 문제라면 다녀온 후에도 특별한 일정이 없으면 2~3일은 기본으로 머리를 안 감는다는 사실이다. 어머니는 기겁을 한다. 사막 다녀오더니 더러워졌다며 말이다. 어쨌든 샴푸 사용을 덜하니 환경보호에 작게나마 일조하고 있다는 자부심까지 든다. 어쩌다 이야기가 이쪽으로 샜는지. 아무튼 단 한 번의 사막 경험으로 모든 것을 다 깨우친 양 말하는 것은 아니다. 그래 봐야 사막 신생아인 정도니 그저 감수성 많은 자의 경험담 정도로 봐주길 바란다. 그런데 이 이야기를 궁금해하는 사람들이 많다. 사막에 대한 이야기는 이제 시작이다. 특별한 경험인 만큼 계속 우려먹을 테다.

# 사막 2
## 발목에 발목 잡히다

~~~~~~~~~~~~~~~~~~

매일 작업하지 않고 피아노나 노래를 배울 수 있습니까.

어쩌다 한 번으로 얻을 수 있는 것은 결코 없습니다.

— 레프 톨스토이(Lev Nikolayevich Tolstoy)

    사막레이스를 마치고 4주 정도의 시간이 흘렀다. 이 정도면 된 것 같은데 내 발목은 조금 더 쉬어달라고 신호를 보낸다. 레이스 후 2주 정도는 복숭아뼈가 보이지 않을 만큼 부어 이른바 '무발목'으로 지냈다. 그리고 3주째에 접어들고는 헌 발톱 세 개를 주고 새 발톱을 얻었다. 새로 난 발톱은 모양이 어그러져 있고 형태도 엉망이라 안 그래도 미운 발을 더 내놓을 수가 없게 됐다. 그동안 좁디좁고 높디높은 하이힐에 탑승하면서 쌓인 피로와 스트레스에 2년 전부터 러닝을 한다고 깨지고 피멍 들어온 세월을 다 보상이라도 받을 심산으로 내 발은 회복을 더디게 하고 있는 중이다.

십여 년간 강연 때마다 신어온 하이힐 때문에 후천적 무지외반이 생겨 발이 못생겨졌다. 거기에 러닝을 시작한 후부터 발톱 피멍과 잦은 충격 때문인지 발톱무좀까지 생겼다. 그리고 이번 250킬로미터 레이스로 물집과 염증 가득한 오른발과 부어오른 왼발. 무사히 완주시켜준 발이 '이젠 더 못해먹겠다'며 파업을 선언할 만하기도 하다. 잠깐, 발톱무좀이⋯⋯ 운동 때문에 그래서 온 거 맞겠지? 안 씻어서 생겼다는 오해는 말아주길⋯⋯.

아무튼 이제 발 상태가 많이 좋아졌지만 여전히 왼쪽 발목은 백프로가 아니다. 몸이 보내는 신호에 귀 기울이며 많이 쉬어주고 열심히 관리하고 있다. 요즘 내 맘 같지 않은 발목을 보며 드는 생각들이 있어 정리해본다. '오구오구 많이 아팠겠다라는 동정을 원해서도, '나 이 발을 끌고 완주했어. 좀 멋지지?' 자랑을 위해서도 아니다. 일종의 반성문이기도 하니 열린 마음으로 봐주시길.

사막레이스 전 장거리에 대한 부담감이 밀려왔다. 막상 저지르긴 했으나 그 대책 없음이 어이도 없고 걱정도 됐다. 돈은 입금했고, 나는 가야 하고, 이왕 가는 거 주위에 민폐 끼치고 싶지 않았다. 늘 무언가를 실천할 때 남들보다 잘하려고 욕심 낸 적은 없다. 세상에는 날고 기는 사람들과 조용히 오라를 내뿜는 고수들이 많기에 절대 타인과 나를 비교하지 않는다. 그저 스스로 만족할 정도로, 스스로에게 부끄럽지 않을 만큼 열심히 준비할 뿐이다.

최장 거리 경험이라 해봐야 50킬로미터 트레일 러닝 완주가 다였다. 무리다. 완주할 수 있을까? 100킬로미터도 안 해보고? 스테이지 경험도 없는데 사막을? 주위의 우려와 반신반의한 반응들. 나도 내가 좀 미심쩍었지만 신청하고 남은 기간이 결코 짧지 않았기에 착실히 준비했다. 거리도 늘려보고, 트레일도 자주 달려보고, 기초체력 향상을 위해

코어 단련과 케틀벨 운동도 열심히 했다. 스쿼트는 하루에 300~500개씩 했다. 덕분에 허벅지가 아주 그냥 돌덩어리마 냥 단단해졌다.

미국에 머무는 한 달 동안 특히 여행을 간 거였지만 흡사 전지훈련 온 선수로 빙의해 나만의 방식으로 더위 적응 훈련, 트레일 훈련, 맨몸운동에 전념했다. 이처럼 목표가 세워지면 그에 따라 계획이 생긴다. 또 계획을 하게 되면 자신과의 약속을 지키기 위해 뭐라도 실천하게 된다. 그렇게 실천하다보면 어제보다 한 걸음 더 나아가는 자신을 발견하는 즐거움을 맛보게 된다. 그렇게 나는 변해가는 몸과 함께 자신감이 생겼다. 오만과 거만함을 의미하는 것이 아니다. 자신감(自信感)은 내가 스스로를 믿는 마음이니. 아, 게을리하지 않았고 내가 할 수 있는 한에서 최선을 다했으니 나머지는 가서 경험해보고 부딪혀봐야 아는 일이다.

나름 열심히 했고 준비를 잘 했다 생각했으나 역시나 대자연 앞에서 더 겸손해야 했다. 그리고 내가 아무리 나를 믿어도 예상치 못한 몸의 변화는 어찌할 수 없었다. 과정이 어떠했고 환경이 어떠했는지는 중요하지 않다. 결론은 장거리에 대한 몸이 덜 만들어진 상태로 달렸다는 것이다. 사막에서 장거리레이스를 하다보면 제일 약한 부위가 어딘지 여실히 알 수 있다던 말이 딱 맞아떨어졌다. 생각하지 못한 왕물집에 발톱 밑까지 파고든 염증들, 그리고 평소에 약했던 왼쪽 발목 부상.

'사막레이스 엄청 힘든 거예요'라고 말하려는 것이 아니다. 그럼에도 불구하고 가고자 하는 의지가 있으면 누구나 완주할 수 있었다. 이번에 참여했던 선수들 중 무릎 부상, 발 부상, 장경 부상 등 여러 통증으로 아파하는 사람들이 있었지만 그들 모두 묵묵히 자신의 레이스에 집중하며 완주했다. 의지는 통증을 극복하고도 남는다. 인간은 그렇게 나약하지 않음을 직접 목도했다. 그러니 마음이 있다면 사막에 가고 그곳에서 완주는 어렵지 않을 것이다.

내가 말하고 싶은 것은, 이왕이면 그 길 위에서 더 많이 즐기고 느끼고 경험하는 것이 좋지 않은가? 나는 발목 통증에 발목이 잡혀 76킬로미터를 달리는 스테이지4와 그 다음날 40킬로미터를 달리는 스테이지5를 맘껏 즐길 수가 없었다. 지금 와보니 그게 제일 아쉽다. 평소에 더 잘 준비할 것을……이라는 속상함도 들고…… 무엇보다 완주가 끝이 아니라는 사실. 일상으로의 복귀뿐 아니라 빠른 회복이 중요했다. 이렇게 푹 쉬고 나면 내 몸은 조금 더 강해지고 단련되겠지라는 기대로 지금의 시간을 잘 보내보려 한다.

달림이가 된 지 이제 꽉 찬 4년 차다. 짧은 주력에 빠른 주자도 아니지만 나는 매번 달리면서 행복하고 산에 오르는 그때가 제일 좋다. 결국은 경험이다. 도전하고 성취하고 의지가 있으면 완주는 가능하다. 그러나 완주가 목적이 되기보다 그 길 위에서 얼마나 행복했고 온전히 집중할 수 있는지가 더 중요하다. '매일 작업하지 않고 피아노나 노래를 배울 수 있습니까. 어쩌다 한 번으로 얻을 수 있는 것은 결코 없습니다'라는 톨스토이의 명언처럼, 회복되면 장거리에 더 적합한 몸을 위해 경험치를 쌓아야겠다. 한 번이 아닌 여러 번, 더 자주. 다음번엔 아픈 곳 없이 그곳의 공간과 시간 속에서 자유로울 수 있도록 말이다. 그래서 나는 요즘도 매주 산을 달린다. 그리고 다음 레이스를 꿈꾼다.

## 사막3
## 와이파이의 부재 그리고 만남

"무소식이 희소식야!"

고비사막레이스를 위해 출국하기 며칠 전, 사막에서 연락이 닿지 않는 것에 대해 불안해하는 부모님에게 일주일 레이스 끝내고 연락할 테니 걱정 붙들어 매시라고 했다. 혹시나 내게 무슨 일 생기면 대회 주최 측에서 연락이 갈 거라고 했다. 사실 대회 전에 와이파이 사용이 가능한 사이버텐트가 있다는 것을 알았다. 일정 금액을 지불하면 빵빵하진 않지만 페이스톡이나 인스타그램, 페이스북에 접속이 가능한 상황. 하지만 난 신청하지 않았다. 돈이 아까워서? 아니다. 사막, 대자연의 품에 안겨보러 가서 지금 여기가 아닌 거기에 접속하느라 대자연과의 접촉 시간이 줄어드는 게 싫었다. 그래서 애초에 호텔에서 출발할 때 핸드폰도 챙기지 않았다. 그야말로 제대로 큰마음 먹고 일상과의 단절을 시도했다.

핸드폰을 호텔 짐 보관소에 맡기고 나온 지 십 분도 되지 않아서 핸드폰 분리불안증이 생겼다. 눈을 둘 곳을 찾을 수 없었다. 기록하고 싶은 순간들을 즉시 찍을 수 없다는 것도 답답해졌다. 사막 캠프에 도착하고 나니 더욱 후회가 밀려든다. 이렇게나 손안의 기기에 의존된 생활을 하고 있었다는 것을 새삼 느낀다. 시간이 남는데 할 일이 없다. 특별히 볼 게 없어도 타인의 일상을 들여다보고 궁금하지도 않은 것들을 뒤적이고 하다못해 예전에 찍어둔 사진들을 열어보며 기억을 되새김질하던 세상에서 갑자기 뚝 떨어져나오니 모든 것이 무료했다. 빠져나온 저 세상의 이야기가 궁금했다.

눈이 떠진다. 몇 시지? 습관적으로 더듬더듬 핸드폰을 찾는다. 아, 맞다. 없지. 시계를 보니 오전 5시 반. 오! 핸드폰 알람 없이도 이렇게 정확히 눈이 떠지다니! 스스로에게 놀라며 주섬주섬 출발 준비를 한다. 옷을 입고, 침낭을 개고, 아침 전투식량에 물을 받기 위해 텐트 밖으로 나온다. 이미 많은 선수들이 부산하게 출발 준비를 하고 있었다. 바쁨 속에서도 서로의 컨디션을 묻고 반가운 아침 인사를 나눈다. 눈부신 사막의 햇살 덕분인지, 마음으로 나누는 아침 인사 덕분인지 주변의 공기가 온통 말랑하게 데워지는 느낌이다. 들여다볼 핸드폰이 없으니 그곳에선 나와 주변 사람들에게 절로 눈길이 간다. 뭐 필요한 건 없는지, 지금 기분은 어떤지 자연스레 살피게 된다. 정이 절로 생긴다. 각자의 세계에 갇혀 있다가 갑자기 주어진 넓은 세상에 잠시 갈 곳을 잃어 두리번거렸지만 이내 현실에 적응하고 더 많은 것을 느끼게 됐다.

고비사막레이스 사흘째 이미 120킬로미터 이상을 달

려왔고 가장 긴 거리를 달리는 롱데이에 접어들었다. 그날은 하루 76킬로미터를 이동해야 하는 날이다. 하필 그때 내발바닥은 만신창이 상태였고 한 걸음 한 걸음이 고역이었다. 수천 개의 바늘에 찔려도 이보다 낫지 않을까 싶을 정도의 통증이 밀려왔다. 날은 피부가 타들어갈 정도로 더웠다. 아픈 다리 때문에 페이스가 떨어지니 그만큼 태양에 노출되는 시간도 길어졌다. 뒷목에 수시로 물을 부어 열을 식혔지만 소용없었다. 이러다 함께하는 유지성 대장과 윤영 언니까지 지치게 될까 너무 미안했다. 그래서 끝까지 나를 케어하려는 두 사람에게 먼저 체크포인트에 가서 쉬고 있어 달라고 부탁했다. 그렇게 두 사람을 먼저 보냈다. 나중에 안사실이지만 사막에서 이렇게 혼자만의 시간을 가지는 것도 필요하고, 계속해서 같이 가자고 하면 내가 더 부담을 느끼고 마음이 힘들어질 듯해서 자리를 비켜주었다고 한다.

그런데 막상 끝이 보이지 않는 길을 혼자 하염없이 걷다보니 서러워졌다. 마음속 어린아이가 고개를 든 것도 이유지만 더 큰 이유는 아픈 다리 때문에 이 순간을 오롯이 즐기지 못하는 게 속상했고 내 마음은 이 길 위를 숨차게 뛰고 싶은데 마음처럼 따라주지 않는 몸뚱어리가 원망스러웠다. 나도 모르는 사이 울음이 조금씩 비집고 올라오더니 이내 대성통곡으로 바뀌었다. 정말이지 그렇게 꺼이꺼이 소리 내어 울어본 적이 언제였던가?

눈물 콧물이 범벅이 된 채 계속 울면서 가고 있는데 한참 앞서가던 이탈리아 선수가 뒤돌아 나에게 다가온다. 그는 71세의 알폰조 할아버지였다. 영어는 못하지만 대화 안 해도 좋으니 함께 걷자고 말을 걸어왔다. 이상한 일이다. 그는 분명 이탈리아 말로 이야기를 했는데 그의 말이 바로 해석이 된 느낌적인 느낌. 분명하진 않아도 그런 뉘앙스였다. 그러면서 내 등을 토닥토닥해주었다. 그런데 웬걸? 울음이 멈추기는커녕 더 크게 터져나왔다. 어린아이들이 한참 울 때 '어유 그랬어요? 많이 아팠어요?'라고 알아봐주면 더 크게 우는 것처럼 나도 응석이 부리고 싶었나보다. 그렇게 알폰조 할아버지에게 마음으로 의지하며 다시금 우리 일행을 만났다. 우리는 그날 새벽 두 시에 피니시를 했다. 그렇게 끝나지 않을 것만 같던 롱데이가 무사히 지나갔다. 다 함께 그 길을 걸어준 사람들 덕분이다.

## 자연과의 만남

매일매일 다른 풍경 속에 놓여 있었다. 하루는 드넓은 초원을 내달렸다. 온통 허브 향으로 가득한 그 길 위를 달리며 향기로 온몸을 물들였다. 실제 그날 캠프에 돌아와서 가방과 레이스 때 입었던 옷에 코를 묻고 킁킁 냄새를 맡아봤다. 허브 향이 가득 번져나왔다. 내 몸과 마음이 그 향기에 정화된 느낌이 들었다. 냄새는 기억을 동반하기에 사막에 돌아와서도 로즈마리나 민트 향을 맡게 되면 그때의 기억이 자꾸만 소환된다. 또 다른 날엔 달력 속 풍경 같은 언덕들을 오르내렸다. 강을 몇 차례씩 건너기도 하고 북유럽의 숲속에 와 있는 듯 착각을 불러일으키는 아름다운 숲도 뛰었다. 물론 그 숲에는 어마무시한 흡혈 파리들이 있어 쫓아내느라 애를 먹었지만 경치만큼은 최고였다. 그리고 발이 푹푹 빠지는 그 끝을 알 수 없는 듄(모래언덕) 지대를 지나며 자연 앞에서 겸허한 마음을 가졌다. 자연을 만나며 감탄하다보니 어느덧 레이스 막바지에 이르렀다. 그렇게 자연과 제대로 눈이 맞아 돌아왔다. 그리고 그때 언젠가 읽었던 산악 전문지 《사람과 산》에 실린 글이 떠올랐다. 전설적인 울트라

트레일러너 스콧 주렉(Scott Jurek)의 만트라인 'This is what I'm here for!'이다. 그래 '내가 여기에 온 이유가 바로 이거다!'라는 깨달음이 전해졌다. 이렇게 사람과의 만남과 자연과의 접속을 위해 여기에 온 거지!

## 나 자신과의 만남

극한의 고통에서 물러남 없이 그럼에도 나아가는 용기 있는 사람임을 느꼈다. 걸으면서 스스로에게 말을 걸었다. 나는 할 수 있다. 나는 나를 사랑한다. I can do it. 그런 내 모습에 일행은 여러 번 웃음을 터뜨렸다. 뭘 그렇게 혼자 중얼거리냐고 웃으면서도 포기하지 않고 묵묵히 나아가는 모습을 보고 같은 마음으로 응원했다고 한다. 사막에서의 시간은 가보기 전 막연히 생각했던 것처럼 삭막하지 않았다. 아니, 오히려 내 일상이 있는 곳보다 훨씬 사람 냄새 나는 정겨운 곳이었다. 그리고 자연의 일부가 되는 신비한 경험이 가능한 아름다운 곳이었다.

사막, 그곳에 와이파이는 없었지만 더 좋은 연결과 만남이 기다리고 있었다. 그래서 나는 또 다른 사막을 꿈꾼다. 나짐 히크메트(Nazim Hikmet)는 진정한 여행에서 이렇게 말했던가. "어느 길로 가야 할지 더 이상 알 수 없을 때, 그때가 비로소 진정한 여행의 시작이다." 앞으로의 내 걸음이 어디로 향하게 될지 모르나, 오히려 어느 길로 가야 할지 더 이상 알 수 없을 때 비로소 진정한 여행의 시작이라니 그 여행을 이제부터 해봐야겠다.

뜻밖의 일은 항상 생긴다. 그로 인해 인생이 달라진다. 다 끝났다고 생각한 순간조차 좋은 일이 생길 수 있다. 그래서 더 놀라운 그 길. 한번 가보자.

# 헐떡임과 허덕임

~~~~~~~~~

나는 고급진 미각을 자랑하는 사람은 아니다. 어지간 하면 대부분의 음식이 맛있게 느껴진다. 맛에 관해서 상당히 관대한 편이다. 그러나 유독 적응 안 되는 맛이 있으니 그건 바로 달리기를 할 때 목에서 나는 피 맛이다. 쇠 맛이라고도 표현하는데 아무튼 달려본 사람이라면 누구나 아는 그런 맛이다. 아는 맛이기에 피하고 싶지만 지금도 달릴 때마다 그 맛이 느껴진다. 가끔은 목에서뿐만 아니라 코를 통해 숨에도 실려 나온다. 내가 생각해도 피 맛에 쇠 맛까지 느끼며 참 열심히도 달리는구나 싶다.

달리기를 시작하고 얼마 되지 않아 함께 달리기를 하고 있는 UTRK(Ultra Trail Runner's Korea) 멤버들이 내가 해야 하는 훈련을 돕기 위해 온 적이 있다. 평소보다 빠른 페이스로 5킬로미터를 달리는 훈련으로 400미터 트랙 12바퀴하고 반을 더 달려야 했다. 절대로 낙오하지 않으리라 다짐을 하고 선두를 따라 달리기 시작했다. 속도를 올리자 심장은 요동치고 폐는 허덕이기 시작했다. 서서히 심박수가 상승했고 호흡은 거칠어졌다. 또 달릴 때 왜 이리 콧물이 나는 건지. 연신 닦아냈지만 콧물 때문에 호흡이 더 힘들었다. 남자 선수들은 달리면서 한 손으로 콧구멍을 막고 팽 하고 잘도 풀던데, 나는 아직 그 경지에는 이르지 못했다. 그러다 콧물이 얼굴에 묻는 낭패를 당하고 싶지 않은 마음이 큰지도 모르겠다. 언젠간 멋지게 팽 하고 풀어볼 테다.

아무튼 그날도 콧물을 훔쳐가며 숨이 막힐 것 같은 순간을 참고 끝까지 해냈다. 트랙 12바퀴 반을 목표한 속도로 달려낸 후에 뿌듯함이 밀려왔다. 뿌듯함이 밀려오다 못해 속에서도 무언가가 밀려 올라오는 느낌이 들었다. 속이 미식거리면서 구토를 했다. 하얀 액체들이 밀려 올라왔다. 훈련을 이끌었던 이규환 코치는 극복할 만한 한계를 잘 넘겼다고 했다. 그렇게 심장의 헐떡임과 폐의 허덕임을 통해 조금씩 성장할 수 있었다. 앞으로도 그 가슴 뛰는 느낌을 자주 느끼고 싶다.

대부분의 사람들은 살면서 그렇게 가슴이 콩닥거리고 심장이 두근댈 만한 일이 없다고 말한다. 보통의 일상을 살고 만나는 사람들만 만나며 곁에 있는 사람에 대한 소중함이나 두근거림은 사라지고 그냥 그렇고 그런 오늘을 살면서 말이다. 친한 친구들은 대부분 유치원에 다니는 아이들이 있는데 오죽하면 "공립유치원 추첨 때 말고는 가슴 뛸 일이 없다"라고 할 정도다. 가슴이 떨리기보다 운동부족으로 다리가 떨리는 경우가 더 많은 것 같기도 하다.

달리기를 하면서 여러 가지 이유로 멈추고 싶은 순간이 찾아온다. 물론 멈춰 서도 괜찮다. 하지만 그 순간을 극복하고 이겨낸 후의 만족감은 자신감으로 이어진다. 어떤 마음으로 달리냐고? 숨이 차서 죽을 것 같고 다리가 무거워 들어올리기가 힘든 순간엔 '그냥 한 걸음만 더 달려보자'

라는 말을 수없이 되뇐다. 다리가 더 이상 말을 듣지 않으려고 해도 그래도 한 걸음 정도는 더 갈 수 있지 않냐며 끊임없이 내 다리를 달랜다. 매 걸음이 고통일지라도 한 걸음 더 내딛는 것은 가능하다. 그렇게 반복하다보면 못할 것 같던 1킬로미터는 더 달려낼 수 있다.

내 다리가 10킬로미터를 버틸 수 있었다니. 교통사고 후유증으로 몸을 사리기만 했던 내가 풀코스 마라톤을 꿈꾸고 꿈에 다가가기 위해 준비하고 그 과정을 통해 더 건강해졌다. 신체적 기능 향상은 마음의 행복 스위치를 켜는 역할을 하고 삶에 선순환이 일어난다. 나는 '스스로를 믿는 마음'이 만들어내는 일상의 변화를 경험했다. 그래 달리기에는 믿음이 필요하다. 두 다리는 생각보다 끈기 있고 심장과 폐는 기대 이상으로 강하다는 믿음. 내가 즐겁게 잘 달릴 수 있다는 믿음으로 달린다. 전보다 한 발 더 나아감을 위해 앞으로도 허벅지의 타들어감과 심장의 혈떡임, 폐의 허덕임과 가까이 하고 싶다. 나는 나를 믿는다.

# 격하게 뛰고 싶지 않았다

~~~~~~~~~~~~~~~

억지로 몸을 움직여야만 한다면 그 무슨 일이든 그건 노동이며 억지로 몸을 움직일 필요가 없다면 그 무슨 일이든 그건 놀이다.

— 마크 트웨인(Mark Twain)

엑스레이를 유심히 보던 담당 의사가 "뼈에 멍이 들었네요"라고 한다. '그게 말이야 막걸리야'라는 말이 입 밖으로 튀어나올 뻔했다. 뼈에 멍이 든다는 말에 갸우뚱했다. 그게 엑스레이로 보인단 말인가? 그의 말이 의심스럽기도 했다. 거기에 의사는 "뼈에 멍이 들면 골치 아프죠. 그게 바로 골병이에요. 관리 잘하고 치료 잘 받아야 됩니다"라는 말을 덧

붙였다. 차라리 부러지면 뼈가 붙는 과정에서 더 강하고 단단해지는데 뼈에 멍이 든 경우에는 자신이 환자임을 망각하고 관리를 소홀히 하다가 골골대면서 오래간다는 말이었다.

나는 지금까지 세 번의 교통사고를 경험했다. 그것도 2년(2014~2015년) 동안 세 번의 사고가 연이어 일어났고 6월과 7월 사이에 발생했다. 그래서인지 지금도 습기 머금은 공기가 느껴지는 초여름이 되면 운전하기가 괜히 겁이 난다. 교통사고 후 골골거리는 일이 잦아졌다. 사고 충격으로 툭하면 목이 안 돌아갔다. 고개를 돌리지 못해 몸통 전체를 돌려 옆을 봐야 하는 상태였다. 목 보호대 없이는 외출도 불가능할 정도로 몸의 기능은 바닥을 쳤다. 누웠다 일어나는 일상적인 동작도 혼자서는 수행하기가 어려웠다. 역시나 골병이 드니 체력이 약해지고 삶에 의욕도 없어진다. 쉬고 싶고 눕고만 싶어졌다. 유독 허리가 아파오고 손목이 욱신거리며 몸 여기저기서 신호를 보내올 때면 여지없이 다음날 비가 왔다. 통증의 척도로 날씨를 예상하는 인체의 신비란!

통증을 달고 살다보니 '아고 허리야. 아고고'라는 말이 나도 모르게 나온다. 엄마 앞에서 못하는 소리가 없다며 등짝 스매싱이 가해진다. 등줄기를 따라 찌릿한 느낌이 허리에 전달된다. 정신이 든다. 아프다. 엄마 손은 정말 맵다. 나를 괴롭히던 허리 통증이 사라질 만큼의 충격이 전해온다. 침을 맞고 물리치료를 받아도 가시지 않던 허리 통증이 그 순간 느껴지지 않는 것을 보니 엄마 손이 약손이긴 한가 보다.

한동안 교통사고가 난 사실이 속상하고 억울했다. 툭하면 아파오는 몸 때문에 건강 염려증이 생겨 걷고 뛰고 움직이는 모든 행동이 조심스러워졌다. 몸을 사리며 행동을 최소화하다보니 몸은 더욱 경직되어갔고 통증은 배가 됐다. 몸은 수시로 아팠고 자주 무너져내렸다. 몸과 함께 무너진 마음 역시도, 몸이 일어나기 전에 절대 혼자 일어설 수 없었다. 그제야 나는 몸이 깨어 있어야 함을 깨닫고 사고 당시 충격으로 수축되고 경직된 근육을 풀기 위해 노력했다. 틀어진 몸을 바로잡기 위한 운동을 하며 몸 살리기에 집중했다.

그때 어쩌다 달리기를 만났다. 무너진 몸과 마음 때문에 힘들어하던 내게, 함께 달려보지 않겠냐며 10킬로미터 마라톤대회 출전을 권유한 지인이 있었다. 한국CEO연구소 강경태 소장이다. 물론 달알못인 나, 건강 염려증이 극에 달해 있던 나는 달리기를 해본 적도 없을뿐더러 뛰다가 아플 수도 있고 몸 상태가 좋지 않아 힘들 것 같다며 거절했다. 당시에 나는 건강 회복을 위해 웨이트는 열심히 하고 있었지만 달리기를 하면 몸 전체에 충격이 전해질 것 같았고 겨우 잡힌 허리 통증이 심화될지도 모른다는 생각에 겁부터 났다. 100미터도 달려본 적 없는 나에게 10킬로미터 달리기 제안은 반갑지 않았고 격하게 피하고 싶은 일이었다.

그럼에도 불구하고 그는 무리되지 않게 가다 서다 하면 된다고 나를 설득했다. 처음부터 끝까지 페이스를 잡아주는 일명 '동반주'를 해주겠다고 했다. 자신이 평소에 훈련하거나 대회를 달릴 때 속도보다 느린 사람과 달리다보면 몸에 더 무리가 가기도 한다. 그래서 '동반주'는 쉬운 게 아니다. 숭고한 일이다. 그는 힘들면 언제든 그만둬도 된다며 10킬로미터 마라톤 일정을 하나 보내왔다. 당연히 나는 그 날짜에 마침 일이 있다고 핑계를 댔다. 그랬더니 또 다른 날짜를 보내 왔다. 나 역시 물러서지 않고 마침 그날 부모님과 약속이 있다고 했다. 거짓말을 하는 마음이 편치는 않았지만 달리기는 싫고, 내 건강을 위해 달리기를 권유하는 그의 말을 딱 잘라 거절하기도 힘들었기에 어쩔 수 없었다. 요리조리 도망 다녔다. 그랬더니 또 한 번 다른 날짜를 보내왔다. 더는 그 마음을 모른 체할 수 없었다.

어쩔 수 없이 날짜를 잡았고 그렇게 첫 대회를 기다리던 중, 대회를 앞둔 며칠 전 심한 감기에 걸렸다. 목소리도 나오지 않고, 온몸이 아팠다. 몸은 아팠지만 기분은 좋았다. 그 와중에 '아, 안 뛰어도 되겠구나'라는 데에 생각이 미쳤기 때문이다. 나는 회심의 미소를 지으며 기쁜 마음을 살포시 누르고 그에게 전화를 했다. 도저히 달릴 수 있는 몸 상태가 아님을 강하게 어필했고 약속을 지키지 못함에 대한 죄송한 마음도 전했다. "정말 죄송해요. 그런데 도저히 지금 뛸 수 없을 것 같아요"라는 말에 그는 "어, 세진아, 몸조리 잘하고. 그리고 걱정하지 마. 마라톤대회는 매주 있어"라며 마라톤 일정 8개를 한 번에 메시지로 보내오는 게 아닌가? 천천히 일정 살펴보고 이중에 하나 골라보라고 하는 말에 그야말로 뜨악했다.

그렇다. 일명 마라톤 성수기인 가을엔 한 주, 토요일 하루에만 서울 지역에서 마라톤대회가 서너 개는 열린다. 잠실, 뚝섬, 여의도, 상암…… 참 대회도 많고 달리기를 하는 사람들도 그렇게나 많구나. 난 그때 느꼈다. 피할 수 없는 운명이구나. 그리고 이렇게까지 권유하는 데는 다 이유가 있지 않을까 하는 호기심이 생겼다. 그렇게 어쩌다 그와의 인연으로 격하게 하고 싶지 않던 달리기를 시작했다. 이쯤 되면 달리기는 우연이 아닌 운명이다. 당시의 나는 무기력으로부터 벗어나고 싶었고 우울함을 떨쳐내고 싶었다. 내 머리와 몸을 잠식하고 있던 그것들로부터 박차고 나오고 싶은 마음은 있었지만 방법을 몰랐다. 그 방법으로 달리기가 이리 주효할 줄이야.

달리기를 너무 하기 싫어서 이 핑계 저 핑계를 댔던 사실을 그에게 얘기한 적이 있다. 그는 호탕하게 웃으며 이미 다 알고 있었다고 했다. 그럼에도 너무나 좋은 순기능이 있기에 한번은 경험해봤으면 하는 마음에 내가 불편해하는 걸 알면서도 권유했다는 말을 덧붙였다. 아무튼, 어쩌다 시작된 달리기. 격하게 달리고 싶지 않았던 나. 그러나 지금 달리고 있는 나. 앞으로도 달릴 나의 러닝라이프가 기대된다.

# 변하니까 사람이다

~~~~~~~~~~~~~~

달리기 싫어서 입이 불퉁하게 나온 채 도살장에 끌려가는 소마냥 마라톤대회장으로 향했던 게 엊그제 같은데 이제는 내가 지인들에게 달리기 예찬을 펼치고 있다. 첫 마라톤대회 완주 후 느낀 성취감이 그 다음을 기대하게 만들었다. 마음의 행복 스위치를 켜는 역할을 몸이 한다는데 내 경우에는 달리기가 그 스위치 역할을 제대로 한 듯하다.

긍정심리학자들이 입을 모아 이야기하는 행복의 조건 중 모든 이들에게 공통적으로 적용되는 것이 '일상에서 작은 성취감을 반복적으로 경험하는 것'이라고 한다. 나는 그 작은 성취감을 달리기를 통해 경험하고 있다. 전보다 한결 편안해진 호흡에서도 성취감을 느끼고 달리고 난 후 줄어든 근육통을 통해서 조금 더 강해진 체력을 느낀다. 이 또한 나에게 성취감으로 다가온다. 이러한 작은 성취감을 지속적으로 맛보고 경험하며 삶이 풍성해졌다. 행복도 그에 비례해 충만해졌다. 그 행복은 하고 있는 일 자체를 사랑하는 마음에서 비롯된다고 미하이 칙센트미하이는 《몰입의 즐거움》에서 이야기한다. 트로피와 포상만을 바라고 달리는 사람은 몰입을 경험할 수 없다고 단언한다.

나는 마라톤대회에 자주 나가는 편이 아니다. 달림이 지인들에 비하면 참여를 안 해도 너무 안 하는 편이다. 나는 대회에 나가기 위해 달리는 것이 아니다. 누군가에게 보여주기 위해 달리는 것은 더더욱 아니다. 하루에 단 몇 킬로미터라도 뛰면서 내가 살아 있음을 느끼는 것, 그거면 충분하다. 그렇게 달리다가 나가고 싶은 대회가 생기면 신청을 한다. '몸의 인문학'이라는 주제로 강연을 할 때에도 내 삶을 변화시킨 달리기 이야기를 짧게라도 전하고 있다. 달리기를 통해 몸이 건강하게 개선되고 영혼이 더욱 긍정적으로 계몽

됐기에 많은 사람들과 그 경험을 공유하고 싶은 마음이 들었기 때문이다. 그러면 순간 청중들의 반응이 미적지근해짐이 느껴진다. 분위기를 감지하고 "여러분 지금 '그렇게 좋으면 너나 많이 해'라고 생각하고 있는 거죠?"라고 되묻는다. 그러면 역시나 웃음이 터진다. 그 속마음이 내 속마음이었기에 누구보다 잘 간파할 수 있다. 나 역시 달리기의 좋은 점을 이야기하며 뛰어보자던 권유에 그런 반응을 보인 사람이니까.

'내 인생에 달리기는 없다'라는 표정을 짓고 있는 청중에게 한 예능에 나온 네 살짜리 남자아이에 대한 이야기와 함께 내가 달리게 된 스토리를 이야기한다. 마라토너라고 소개된 그 꼬마 아이는 10킬로미터를 한 번도 쉬지 않고 달린다. 그 거리는 아이에게 누군가가 억지로 시킨다고 해서 뛸 수 있는 거리는 아니다. 행복한 표정으로 달리기를 하는 그 아이는 당시 10킬로미터 마라톤을 스무 번 이상 완주한 상태였다. 한겨울 알몸마라톤에 나갔을 때 영상이 나오는데 통통한 배에 '작은 고추가 맵다'라고 적고 털모자 하나 쓰고 뛰어가는 모습이 정말 귀여웠다.

그 아이에게 방송사 PD가 "달리기가 왜 좋아요?"라는 질문을 했다. 그때 그 아이는 씨익 장난꾸러기 표정을 지으며 "결승선을 통과해보지 않은 사람은 말해줘도 몰라요"라고 했다. 어머, 쟤 네 살 맞아? 무언가를 진지하게 즐기고 임하는 달인의 포스가 묻어나는 한 마디였다. 그거다. 내가 격하게 뛰고 싶지 않았던 이유. 단 한 번도 뛰어본 적이 없었기에 바람결이 머리를 스치는 느낌, 내 다리를 동력삼아 앞으로 나아가는 것의 가치를 알지 못했기에 달리기 싫어했고, 달리기를 하고 싶지 않아 했다. 그렇게 스스로를 틀 안에 가두고 있었던 것이다.

달리기를 만난 것이 얼마나 다행스럽고 감사한 일인지 모른다. 요즘엔 스트레스를 받거나, 좋은 일이 있거나, 비가 오거나 날이 춥거나 감정이나 날씨 여부에 상관없이 자주 격하게 달리고 싶어진다고 이야기한다. 억지로 꾸며낸 이야기가 아닌 내 경험을 통해 나온 스토리(스스로 토해내는 리얼한 이야기)라서 그런지 그제야 청중들은 달리기에 대한 경계를 풀고 조금 곁을 내어준다. 그리고 실제로 강연을 통해 달리기를 시작하고 마라톤대회에 도전했다는 연락이나 후기가 올라온다. 그럴 때 참 감사하고 행복하다.

달리기가 싫어서 이리저리 도망 다닐 때의 내 모습이 오버랩 된다. 이렇게까지 달리기를 사랑하게 될 줄은 몰랐다. 사람의 마음은 갈대라더니 역시 해봐야 안다. 경험을 통해 사람은 몸도 생각도 끊임없이 변하는 것이 당연지사다. 변화에 대해 깊이 연구한 고대 그리스 철학자 헤라클레이토스의 "태양은 날마다 새롭다"라는 말을 빌려 '인간은 날마다 새롭다'라고 정리해본다. 앞으로도 변화를 두려워하고 경계하기보다 두 팔 벌려 환영하는 삶을 살고 싶다. 앞으로의 삶은 또 어떤 새로움의 연속일까? 생각만으로도 가슴이 뛴다.

# 무라카미 하루키와 나

작가 그리고 러너.

(1949~20××)

적어도 끝까지 걷지는 않았다.

이 말은 무라카미 하루키의 미래 묘비명이다. 런린이 시절, 세계적인 소설가이자 노벨 문학상 후보로 거론되는 무라카미 하루키의 책인《달리기를 말할 때 내가 하고 싶은 이야기》는 달리기에 대한 열정에 불을 제대로 지피게 했다. 나는 감히 대문호의 글을 내가 쓴 글인 양 한 호흡을 유지하며 몰입했다. 몰입하다 숨이 막힐 지경이었다. '작가 그리고 러너' 지금의 나를 표현하는 데 있어 이만큼 찰떡인 말이 또 있을까? 나는 글밥으로 밥을 먹고살기엔 굶어 죽기 십상이지만 작가는 작가다. 거기에 주력도 짧고 빠른 주자도 아니지만 꾸준히 달리고 있으니 러너는 러너다. 무라카미 하루키와 나 사이에 작은 연결고리가 있다는 사실에 혼자 감격하고 감동한다.

작가라는 말의 무게가 버거워 '그냥 글 쓰는 사람이에요'라거나 '달리기를 좋아하긴 하는데 러너는 아니에요'라고 쭈글이 모드로 이야기하던 나를 돌아본다. 무라카미 하루키와 나 사이에 작가와 러너라는 연결고리가 두 개나 있다니, 라는 생각에 무언가 가슴속에서 별을 본 듯했다. 물론 그와 내가 동급이라 말하는 것은 아니니 오해들 마시길. 이렇게 표현하고 나니 한없이 어깨가 움츠러든다. 하지만 뭐 이미 네 권의 책이 나왔고, 달리기를 즐기고 있으니 부끄러워하지 말자고 스스로를 다독인다. 아무튼 책을 읽어 내려가는 내내 나는 그와 함께 달리고 있었다.

그는 무엇보다 소설가라는 직업을 사랑했다. 본인이

좋아하는 일을 하기 위해서 가장 중요한 것이 집중력과 지속력이라 말했다. 나는 그 대목에서 밑줄을 긋지 않을 수 없었다. 글을 짓는 일은 나에게 엄청난 집중력을 요하는 작업이다. 한참을 텅 빈 모니터를 노려보아도 한 줄의 글을 쓰지 못하는 경우가 태반이다. 그럴수록 집중한다. 오전 5시간 정도는 무조건 책상에 앉아 모니터에 집중하고 글에 집중한다. 보여주기 싫은 비루한 글이 써지기도 하고 뭉친 글 타래가 풀리지 않아 숨 막히게 답답한 적도 있지만 그 작업을 지속한다. 그렇게 하다보면 한 줄이 한 장의 글로 채워지고 한 권의 책이 되어 세상에 나올 수 있음을 알기에 그 위에서 단 한순간도 소홀히 하지 않는다.

그는 집중력과 지속력을 가능케 해주는 것을 '체력'이라 말하고 있다. 결국 글은 손과 머리가 아닌 엉덩이로 쓰는 것이다. 오래 앉아 버틸 수 있는 힘. 이것이 바로 작가로서 필요한 능력 세 가지다. 이 세 가지는 꼭 글밥으로 먹고사는 이가 아니더라도 현대인들에게 공통적으로 적용되는 부분이다. 어떤 일을 하든지 간에, 하물며 먹고 노는 일에도 이 세 가지는 필요하다. 무엇에 집중하고 그것을 지속하고 그것들에 집중하고 지속할 수 있게 해주는 체력. 이 세 가지는 그 순간을 잘 살아내기 위한 능력들이자 미래를 준비하는 기본 조건이다.

이것을 충족시키고 강하게 해주는 것이 바로 운동이고 나는 그중 달리기를 실천하고 있다. 물론 달리기는 운동이라는 영역에 가둬두기에는 그 이상의 가치가 있다. 나에게 있어 달리기는 생활 속에 자연스럽게 녹아 든 일상이자 생활이기 때문이다. 내가 달리기란 것을 접하고 조금 달려본 바로 달리는 순간 아무 생각 없이 회로가 단순해질 때도 있지만 호흡 하나, 팔꿈치 각도 하나, 착지하는 발의 모양 하나에 집중하며 최선을 다하는 순간도 있다. 숨 막힐 듯 힘들고 심장이 마치 콧구멍 밖으로 튀어나와 뛰고 있는 듯한 느낌 속에서도 지속하는 힘이 필요하다. 그리고 이런 과정을 거치며 체력은 향상된다. 아! 이 느낌을 아는 사람과의 대화는 정말 즐겁다. 나는 그렇게 무라카미 하루키와 작은 연결고리를 이어가고 싶다. 그리고 언젠가 달리기를 주제로 소설을 써보고 싶다는 꿈을 가져본다.

나는 그처럼 '적어도 끝까지 걷지는 않았다'라고 말은 못한다. 종종 주저앉았고 자주 걸었기 때문이다. 나에게 속도는 중요하지 않다. 그저 나만의 속도로 가면 된다. 그리고 기록은 관심 밖이다. 컷오프 시간 전에만 들어오면 된다. 나는 그 길 위에서 행복하고 싶고 온전히 살아 있는 나를 느끼고 싶다. 그래서 늘 기록이 이 모양인가보다. 하지만 나는 지금도 달리기를 '속도의 스포츠'라고 생각하지는 않는다. 그 길 위에서 즐겁기 위해 달릴 뿐이다. "적어도 끝까지 걷지는 않았다"는 무라카미 하루키의 묘비명을 내 식으로 바꿔본다면 '나는 달리기 중 자주 걸었다. 하지만 멈추진 않았다' 정도가 아닐까 싶다.

# 2

>> 도전! 나의 첫 달리기

# 아무른, 나의 첫 달리기

이제 달리기는 그 자체가 목적이 되었다. 육체와 운동, 노력과 내적인 평온, 나는 이런 매일의 체험을 절대 놓치고 싶지 않았고, 앞으로도 그럴 것이다.

—요시카 피셔(Joschka Fischer)

"9월 10일이 무슨 날인지 아는 분 있나요?"라는 질문에 스마트폰 달력을 열어 확인하는 청중들. 엉뚱한 질문이다. 나에게만 특별한 날이기 때문이다. 2017년 9월 10일, 그날은 내가 인생 처음으로 10킬로미터 마라톤을 완주한 날이다. 이처럼 첫 책을 가슴에 안은 날, 안나푸르나 4130미터에 오른 날, 조종면허를 취득한 날 등 나만의 기념일이 있다는 것은 무료한 삶에 작은 활력이 된다. 나는 이렇게 텅 빈 달력에 나만의 기념일을 채워가고 있다. 첫 마라톤에 출전한 그날은 나에게 그 어떤 기념일보다 감사한 날이자 기념해야 하는 날이다.

첫 시작은 앞에서도 이야기했듯, 일명 똥 씹은 표정이었다. 영 내키지 않는 마음으로 마라톤 기념 티셔츠를 입고 배번을 달랑달랑 들고 여의도공원으로 향했다. 이놈의 마라톤은 새벽부터 사람을 집결시키는지. 용인에서 여의도까지 새벽밥 챙겨먹고 가는 길이 즐겁지 않았다. 왜 내 돈 내고 생고생을 해야 하지, 라는 생각이 머리를 떠나지 않았다. 하지만 물러설 곳이 없었다. 끊임없는 권유에 한 번은 해보자며 마음먹은 바. 자꾸 좋은 쪽으로 생각을 전환시켜보려 하지만 쉽지 않았다.

여의도공원에 가까워질수록 여기저기서 파란 스머프들이 몰려든다. 당시 대회 기념 티셔츠가 파란색이었다. 파란 물결이 여의도공원을 가득 채우고 있었다. 나는 모퉁이에 서서 함께 하기로 한 선배를 기다리고 있었다. 메인 무대에서는 연예인이 나와 파이팅 넘치게 진행을 하고 있었고 흥겨운 음악이 공간을 메우고 있었다. 경기에 참여한 사람들은 밀려들고 귀는 먹먹해지고 정신이 하나도 없었다. 두리번두리번 미어캣마냥 일행을 찾는 내 불안한 눈빛. 외딴 섬에 혼자 서 있는 기분이 들었다. 보호자가 필요했다. 그때 그가 나타났다. 그를 보는데 어찌나 반갑던지.

그의 구호에 따라 몸을 풀었다. 준비운동만 했는데 왜 이리 숨이 차는지. 평소에 케틀벨 운동도 열심히 하고 나름 건강을 많이 회복했다 생각했는데 이건 또 다른 차원의 영역인 듯했다. 10킬로미터를 뛸 수나 있을지 걱정이 앞섰다. 주위엔 대회 티셔츠에 예쁜 바지를 입고 헤어밴드에 고글까지 갖춘 멋진 러너들이 많았다. 남녀노소를 떠나 운동하는 모습은 멋지다. 나도 저렇게 입고 싶다는 생각을 한 건 처음이었다. 내 복장은 보풀이 일어난 아주 오래된 운동복 바지에 쿠션은 닳을 대로 닳은 구형 운동화였다. 내가 자꾸 초라해졌다. 겉모습에 신경 쓰자는 주의는 아니지만 러닝의 기쁨을 더 배가시켜줄 기능성 옷과 퍼포먼스에 도움이 되는 기어가 있으면 나쁠 것은 없지 않은가?


　암튼 별세상에 온 듯 구경하기 바쁘다가 출발선상에
서게 됐다. 해보지 않았기에 10킬로미터에 대한 감도 없고
아무 생각이 없었다. 워낙 많은 인파에 출발까지도 한참이
걸렸다. 밀려 밀려 점점 출발지점에 가까워졌다. 뒤로 돌아
도망갈 수도 없는 상황이다. 앞으로도 뒤로도 갈 수 없을 땐
옆으로 가면 된다는 말도 있지만 당시에는 그런 말이 생각
나지 않았다. 뭐 여기까지 왔으니 그래 다치지 말고 잘 완주
해보자. 뭐가 그리 좋은지 주변 참가자들은 한껏 들뜬 표정
으로 서로 사진을 찍으며 그 순간을 인증하기에 바빴다. 꿔
다 놓은 보릿자루처럼 그렇게 어색할 수가 없었다. 차라리
빨리 출발하면 좋겠다는 생각이 들었다. 드디어 출발이다.
우르르 뛰어나가는 인파에 밀려서 내 의지와 상관없이 달리
기 시작했다. 그는 초반에 무리하면 나머지 구간이 힘들어
지니 천천히 가자고 했다.


　최대한 천천히 달렸는데 200미터도 못 가 숨이 차오른
다. 심호흡을 크게 해도 나대는 심장을 어찌할 수 없을 지경

에 이르렀다. 인공호흡이 필요해! 옆쪽 난간을 부여잡는다. 헉헉대며 '저는 글렀어요. 먼저 가세요'라는 눈빛을 그에게 보낸다. 택도 없다. 통하지 않는다. 그의 의지는 단호했다. 나를 꼭 완주시키리라는 사명감으로 불타오르는 게 느껴졌다. 한 템포 쉬고 다시 달린다. 이번엔 배가 배배 꼬여온다. 복통으로 허리를 펼 수 없을 지경이다. 생전 처음 느끼는 느낌. 이건 뭐지? 화장실 신호는 아닌데 배가 너무 아프다. 또다시 난간을 부여잡았다. 이 역시 달알못이기에 나타는 반응이다. 달리게 되면 장기도 함께 출렁이는데 달리기에 적응될수록 이런 반응은 줄어들다가 없어진다. 물론 가끔 훈련이 부족할 때 장기의 출렁임으로 복통이 나타나 나태해진 마음을 채찍질하긴 하지만.

그렇게 또다시 걷기 시작했다. 어느덧 한강공원 아래로 진입하며 작은 굴을 통과한다. 형형색색 조명을 쏘고 절로 흥이 나는 음악이 귓가를 울린다. 나도 모르게 요즘 말로 서서히 저세상 텐션이 되어 간다. 한껏 기분이 좋아져 소리를 지른다. 오 마이 갓. 내가 달리기를 하며 정신줄을 놓을 줄이야. 이럴 때 보면 나란 사람은 단순함의 결정체다. 그냥 신났다. 재밌었다. 주위를 돌아보니 나를 앞서가는 사람이 대부분이지만 같은 처지로 얼굴이 불타오른 채 걷는 이들도 제법 있다. 무언가 전우애와 동지애가 발동된다. 자기 앞 가림도 못하는 주제에 파이팅을 외쳐주며 걸었다. 오지랖도 이런 오지랖이 있나 싶다.

그렇게 뛰다 걸으며 양화대교에 올라섰다. 평소 같으면 차들이 있을 자리에 파란 물결이 일렁인다. 언제 이런 곳을 걸어보겠냐라는 마음에 다리 안쪽 난간에서 사진을 찍는다. 애초에 기록 욕심이 전혀 없었기에 여유 있게 바람도 쐬고 다리 위 경치도 감상하며 전진했다. 급수대 앞에서도 밀린 물값을 수금하러 온 사람마냥 붙어 서서 연신 물을 마셨다. 영화 〈연가시〉에서 목이 말라 정신없이 물을 마시던 사람들처럼 말이다.

물배가 차서인지 몸이 더 무거워졌다. 이제 4킬로미터가 남았다고 했다. 생각보다 6킬로미터를 힘들지 않게 왔다는 착각 속에 빠지기 시작했다. '할 만한데? 이왕이면 끝부분엔 좀 뛰어볼까?'라며 있는 힘껏 쥐어짜 달려본다. 첫 10킬로미터 기록은 1시간 30분. 달리기 좀 하는 사람들은 이 기록을 보면 동네 마실 다녀왔네요라고 할 그런 기록이다. 하지만 나는 스스로가 정말 대견했다. 10킬로미터를 버틴 내 다리도 정말 고마웠고, 이렇게 쉬엄쉬엄 했음에도 생각보단 빠른 기록이었기에 다음이 기대됐다. 조금만 덜 쉬고 한 걸음만 더 달리면 1시간 20분 안에 들어올 수 있을 것 같은 자신감도 생겼다.

그렇게 나는 첫 마라톤 2주 후의 대회를 자진해서 신청하게 됐다. 나는 첫 경험을 통해 운동 후의 개운함과 과정 중의 즐거움, 그리고 성취감을 맛봤다. 뭐든 첫 느낌, 첫 이미지가 중요한 법인데, 그 시작이 너무나 완벽했다. 나는 그날 현장의 엄청난 에너지가 내 몸을 관통하며 남긴 건강과 젊음의 조각을 맞춰보고 싶었다. 달리고 또 달린다. 어느덧 내면의 평화 역시 나에게 가까이 와 있었다. 누구에게나 처음은 있는 법이다. 처음부터 모든 것이 완벽할 수는 없지만 그 속에서 잔잔한 기쁨과 긍정의 에너지를 느낄 수 있다면 그걸로도 충분하다.

# 풀코스 도전기

~~~~~~~~~~~~~~~~~~

말로 설명하기 힘든 만족감이 내 몸 안에 깃든다.

피곤하면서 동시에 새롭게 태어난 느낌이다.

– 헨리 데이비드 소로(Henry David Thoreau)


나는 절대 달리기를 안 할 생각이었고, 절대 10킬로미
터 이상은 뛰지 않으려 했고 내 인생에 풀코스는 절대 생각
해본 적이 없었다. 하지만 살면서 백프로 장담할 수 있는 것
은 없다. 내가 42.195킬로미터를 달리게 되다니. 세상일은
이리도 알 수가 없다. 앞으로는 '절대'라는 말을 절대 사용
하지 않으려고 한다. '절대'라는 말은 한 치 앞을 못 보는 인

간의 어리석은 시각으로부터 나온 말임을 이제야 경험으로 알게 됐다. 풀코스에 도전하기 위해 6개월 정도 전부터 본격적인 연습에 돌입했다. 장거리에 적합한 몸을 만들기 위해 2시간 이상을 지속적으로 달리는 지속주 연습도 하고 시간이 얼마가 걸리든 목표한 킬로수를 채우는 거리주 연습도 병행했다.

처음에는 그 긴 시간을 달리면서 도대체 무슨 생각을 하지? 또는 뭘 떠올리며 달려야 할지 궁금했다. 지루하지 않을까 싶었지만 막상 달려보니 그 시간 동안 아무 생각이 들지 않았다. 한 가지 행위를 반복적으로 하다보면 뇌가 외부 자극으로부터 자유로워지는 디폴트 모드가 된다고 한다. 이른바 달리기를 통한 명상효과를 경험한 것이다. 달리기를 하면서 자꾸만 모든 게 새롭게 다가오고 매번 처음 해보는 것투성이다. 평생 모르고 지나갔을 수도 있는 몸의 감각들과 감정의 변화들을 겪을 수 있는 나는 참 행운아다.

어쨌든 나름대로 열심히 준비를 했는데 풀코스를 뛰어야 할 날짜가 다가올수록 심장이 나대며 긴장감인지 설렘인지 모를 두근거림이 잦아졌다. 이러다 부정맥이 도질 지경이다. 대회 하루 전 날, 머리부터 발끝까지 빠짐없이 복장을 체크했다. 2018년 11월 3일이 첫 풀코스 도전을 한 날이다. 초겨울의 알싸한 아침 공기를 뚫고 달려야 하기에 체온을 유지시켜줄 비닐 옷이나 헌 옷, 장갑은 필수다. 비닐 옷이나 헌 옷은 5킬로미터 지점을 통과할 때 즈음 수거함에 버리게 된다. 추운 상태로 달리면 부상 위험도 높아지고 체력소모가 크기 때문에 꼭 준비하는 게 좋다. 장갑 역시 몸에 열이 나면 버릴 확률이 높기에 일회용 면장갑이면 된다. 또 하나의 팁은 엄지와 검지는 가위로 반쯤 잘라내 준비하는 센스가 필요하다. 에너지 보충용 젤을 뜯을 때 맨손이 용이하기 때문이다. 거기에 햇빛 차단용 모자와 고글, 경기복, 발가락양말, 내 페이스를 체크하고 남은 거리를 확인할 스포츠시계 배터리를 체크하고 준비한다. 소중한 장경인대를 보호해줄 곤텍스 테이핑과 겨드랑이 쓸림을 방지하기 위한 바세린도 필수다! 또 뭐 빠진 거 없나 몇 번을 반복해서 확인한다.

마라톤대회 당일, 설레는 마음으로 출발선상에서 대기하는데 추위 때문인지 긴장감 때문인지 몸이 덜덜 떨린다.

이럴 때 서로 파이팅 외치며 온기를 나눠주는 멤버들이 있어 참 다행이다. 절대 오버페이스 하지 말자! 명심 또 명심했고 목표기록에 맞는 페이스로 잘 달려나갔다. 그런데 10킬로미터 지점부터 발목이 자꾸 신호를 보내온다. 달리기 이전부터 약했던 발목이 또 이렇게 신호를 보내온다. 걱정이 밀려온다. 재빨리 파스를 들고 봉사자에게 달려가 파스 세례를 받는다. 기분 탓이겠지만 순간적으로 통증이 가라앉는다. 마음 추스르고 다시 달린다. 그 후에도 여러 번 발목이 아파 파스를 뿌려댔다. 점점 속도가 떨어지고 많은 사람들이 앞서 나간다. 흔들리지 말자 다짐하며 경기에 집중한다. 흐르는 땀을 장갑으로 무심코 닦았는데 이런, 장갑에 스프레이가 묻은 탓에 얼굴까지 아려온다. 파스 기운에 한쪽 눈을 반쯤 감다시피 하고 계속 달려간다. 대신 정신이 번쩍 들긴 했으니 파스 충격이 나쁜 것만은 아니었다.

파스 공격에 이어 풀코스를 달리는 내내 복병은 자꾸만 튀어나왔다. 평소 운전을 하며 달리던 그 길이 이토록 오르막인 줄 몰랐다. 달리는데 왜 자꾸 언덕이 나오는지. 호흡이 차고 다리는 무거워진다. 한 발 한 발이 납덩이를 옮기는 기분이다. 풀코스를 달리다보면 엔도르핀과 세로토닌의 대 분출로 한순간 모든 고통이 사라지며 기분이 좋아지는 '러너스 하이' 상태에 도달한다더니 개뿔, 풀코스는 풀(full)로 힘들었다. 왜 나에게는 '러너스 하이'가 허락되지 않는 걸까. 뛰면서 기대 이상의 힘듦에 정신이 다시 혼미해진다. 그럼에도 다행히 대회 코스 옆에 길게 늘어선 응원 인파에 힘을 얻는다. 반환을 하고 응원단들이 나눠주는 콜라를 마시고 힘이 다시 나기 시작했다. 콜라가 죽은 사람도 살려내는 신비의 물약이라더니 틀린 말이 아니었다. 이때부터 내 콜라 사랑은 시작됐다. 평소에 탄산은 입에도 안 대는데 유독 달리기 한 후에는 자꾸만 콜라가 당긴다. 이를 어찌하면 좋을까.

　　32킬로미터 지점에서부터 오른쪽 다리가 좀 이상했지만 아팠던 발목 통증이 느껴지지 않아서 행복했다. 그 행복도 잠시 내리막길을 달려 내려가는 순간 돌덩이 뭉친 것처럼 순식간에 다리가 굳어버린다. 쥐가 내렸다. 움직일 수가 없어 그대로 인도에 주저앉았다. 어쩔 줄을 몰라 하고 있는데 경찰이 다가오더니 "쉬다가 다시 갈 수 있어

요? 앰뷸런스 타실래요?"라고 묻는다. 앰뷸런스를 타는 순
간 기록칩을 떼야 하고 결국 완주를 못하게 된다. 어떻게
든 완주를 하고 싶었다. "아뇨! 저 갈 수 있어요"라고 말하
고 일어서려는데 움직이지 않는 다리 때문에 다시 주저앉
았다. 통증이 와서 부여잡고 있었더니 다시 "앰뷸런스 타
실래요?"라고 묻는다. 갈 수 있다는데 왜 자꾸 앰뷸런스를
타라고 하는지……. 경찰에게 "저 갈 수 있어요!"라고 말하
는데 그 상황이 너무 속상해 갑자기 눈물이 쏟아졌다. 절
실함을 느꼈는지 경찰은 주로를 향해 "여기 허벅지에 쥐가
나서 못 움직이는데 도와주실 분 계신가요?"라며 도움을
구했다.

그때 두 명의 선수가 다가오더니 어깨를 잡고 다리를
들어 스트레칭을 해주고 쥐가 풀어질 수 있도록 주물러줬
다. 그러고는 포도당 캔디를 까서 내 입에 넣어주고 본인의
에너지젤까지 주며 힘내라고 격려를 한다. 자신의 기록도
중요했을 텐데 기꺼이 도움을 주신 두 선수에게 "감사합니
다, 죄송합니다"를 연신 반복했다. 따뜻한 마음 덕분에 다시
일어나 걸을 수 있었고 다시 달릴 수 있었다. 붉은색 목동마

라톤 유니폼을 입고 있던 이름 모를 두 분께 진심으로 감사하다고 다시금 마음 전하고 싶다.

그렇게 꾸역꾸역 힘들게 달려나갔다. 수서 쪽을 지나가는데 "오세진 파이팅"이라고 외쳐주는 응원단들의 외침에 기운이 난다. 나를 어떻게 알지? 내가 유명한가? 속으로 우쭐해지다가 이내 정신을 차린다. 아, 배번에 내 이름이 적혀있지. 혼자만 아는 민망함이 밀려온다. 얼굴의 열기 때문인지 부끄러움 때문인지 얼굴이 한껏 달아오른다. 이름을 힘껏 외쳐주고 "조금만 더 집중하면 돼요"라는 말에 기운을 차리고 잠실 주경기장에 들어선다. 먼저 완주한 일행들이 옆에서 함께 달려준다. 일 년 동안 열심히 지도해준 뉴발란스 NBx 세 명의 코치도 경기장에서 두 팔 벌려 환영해준다. 결승점을 통과한 나에게 기록보다 완주한 걸로 충분히 잘했다며 다독여주는 코치의 말에 "너무 오래 기다리게 해서 미안해요. 그리고 함께 해줘서 고마워요"라는 말을 하며 한참을 울먹거렸다. 4시간 31분. 내 첫 풀코스 기록. 이 숫자는 혼자 만들어낸 기록이 아닌 함께 달려주고 응원해준 모든 사람 덕분에 만들어진 기록이라 더 의미가 있다.

나에게 달리기란 희열과 고통, 충만함과 결핍, 자존감과 자괴감, 나아감과 멈춤 사이를 부단히 오가는 그 무엇이다. 양 너울에서 중심을 잡으며 새로운 감정들을 느끼고 생활에 활력소가 될 수 있다는 사실에 감사하다. 그리고 그렇게 나는 지금도 조금씩 성장 중이다.

# 정글에서 포디엄에 오르다

〰〰〰〰〰

자신을 알고 발견하는 유일한 방법은 모험뿐이다.

— 앙드레 지드(Andre Paul Guillaume Gide)

그냥 평지에서 뛰는 것도 힘든데, 산을 뛴다고? 처음 내가 접한 트레일 러닝의 세계는 지금까지 해온 달리기와 또 다른 세상이었다. 까도 까도 끝나지 않는 양파도 아닌 것이 달리기는 하면 할수록 새로운 세상과 만나게 된다. 역시 세상은 넓고 모르는 것은 너무 많다. 런린이를 위한 막간 용어 설명 타임! 트레일런(Trail Run) 또는 트레일 러닝(Trail Running)으로 불리는 달리기는 트레일 '길'과 러닝 '달리기'의

합성어다. 즉 산, 계곡, 임도 등 포장되지 않은 자연의 길을 뛰는 아웃도어 스포츠를 의미한다.

마라톤과 트레일 러닝, 둘 다 매력 있는 운동이다. 지금의 나는 트레일 러닝을 더 즐기고 있다. 이유는 간단하다. 나에게 더 잘 맞고 더 재미있으니까. 새로운 장소는 새로운 생각을 열어주고 새로운 생각은 새로운 가능성을 열어주는 초석이 된다. 다양한 풍경 속으로 달려 들어가는 일은 생각을 깨우는 일이고 자극제다. 트레일 러닝은 한 번의 경기에 여러 번 새로운 코스를 경험하게 된다. 마라톤은 땡볕에서 구어짐을 당하면서 끊임없는 아스팔트 위를 일정한 페이스로 계속 달려야 한다. 뛰다보면 그 길이 그 길 같을 때도 있다. 좀 지루하다.

그에 비해 트레일 러닝은 지루하지 않다. 평지, 오르막길, 내리막길, 비포장도로 등 다양한 패턴으로 지루함을 덜어줄 뿐만 아니라 운동효과를 극대화할 수 있다. 그리고 한편으로는 다양한 근육이 사용되기에 다리의 한 부위에 집중되는 부담이 분산되는 효과도 있다. 가장 큰 장점은 자연과 벗할 수 있다는 것이다. 나무 그늘에서 바람과 함께 머물다 가기도 하고, 찰방찰방 계곡물에서 오른 열기를 식히기도 한다. 물론 이 역시 처음은 있었다. 산을 달린다는 부담과 평지와는 차원이 다른 난이도에 대한 걱정이 앞섰다. 하지만 머리로만 생각하는 것과 두 발을 움직여보는 것은 전혀 다른 차원임을 경험했기에 역시나 도전!

태곳적 신비를 간직한 백두대간을 달릴 수 있다. 평소에는 통행이 제한되는 지역이지만 대회 날 특별히 개방한다는 설명을 보고 꼭 가야겠다는 마음이 들었다. 천혜의 자연이 보존된 공간에서 달릴 생각을 하니 설렘이 증폭됐다. 하지만 그때까지만 해도 하프를 뛴 경험이 내 최장 거리였다. 33킬로미터의 산을 달리는 대회, 오르막과 내리막의 복합지형을 달린다는 것이 부담이 됐다. 그때 우리 팀 이규환 코치가 용기를 불어넣어줬다. 고도표를 보니 완만해서 할 만할 것 같고, 첫 풀코스를 앞두고 있으니 거리주 훈련한다고 생각하며 참가해보라고 말이다.

난 무난한 코스라는 그의 말을 철석같이 믿었다. 하지

만 그의 말에 제대로 낚였다. 끝없는 오르막을 올라야 했다. 바위를 타고 넘어야 하는 능선과 밧줄을 잡고 내려와야 하는 내리막까지 그야말로 버라이어티한 코스였다. 유격훈련을 온 건가 싶은 착각에 빠졌다. 결과적으로 제대로 잘 낚인 셈이다. 내가 딱 좋아하는 요소들로 구성된 환상적인 정글 코스를 해보기도 전에 거리에 대한 부담으로 시도조차 못할 뻔했다. 트레일 러닝의 즐거움을 제대로 맛보게 해준 이규환 코치에게 감사를 전한다. '한계란 한 게 없는 사람들의 핑계'라는 말을 몸으로 경험한 일이다.

한국형 정글을 느낄 수 있는 '와일드 트레일' 대회에 멤버 8명과 함께 참가신청을 했다. 준비 단계부터 나는 다시 '달알못' 시절로 회귀했다. 아니 뭐 이리 준비물이 많아? 귀차니즘이 발동해 가기 싫어질 만큼 필수장비가 많았다. 트레일 러닝 조끼와 물통, 그리고 비상시 체온을 유지해줄 서바이벌 블랭킷, 일명 은박지. 거기에 우비, 환경보호를 위해 일회용 컵을 주지 않기에 물을 받아 마실 개인 컵도 챙겨야 했다. 이것저것 팀원들의 도움을 받아 주문을 하고 준비를 했다. 그리고 개인용 물컵은 마트에 가서 반짝반짝 윤이 나는 스뎅으로 준비했다. 자랑스럽게 배낭에 고리로 고정하고 딸랑거리며 대회장으로 가는 셔틀버스를 타러 갔다.

멤버들은 배낭에 달린 스뎅 컵을 보며 웃어댔다. 왜? 이게 그렇게 웃겨? 이제와 생각하니 웃을 만하긴 했지. 플라스틱 형태나 부피와 무게가 최소화된 트레일 러닝 전용 물컵이 따로 있는데, 모르니 그거라도 챙길 수밖에. 아무튼 준비는 끝났다. 사전 장비검사를 마치고 우리는 숙소로 돌아와 잠을 청했다. 대회 당일 아침까지도 비가 왔다. 첫 33킬로미터 트레일 러닝에 첫 우중런까지 그야말로 힘들 수 있는 모든 옵션이 준비되어 있는 대회였다. 출발 신호와 함께 나는 걷기 시작했다. 아니 왜 시작하자마자 오르막인 건데? 하나둘씩 나를 추월해갔다. 나는 더위 먹은 강아지마냥 헉헉대며 오르막을 올랐다. 오르막이 있으면 기가 막힌 내리막도 있는 법. 묵묵히 한 걸음씩 옮겨본다.

이쯤 되면 완만한 평지가 나와야 하는데 이상하다 싶을 즈음 물 급수를 할 수 있는 체크포인트를 지나게 됐다. 벗어날 때 대회 관계자가 "이제부터가 진짜 시작입니다. 업

힐 10킬로미터 구간이니 잘 올라가세요"라고 했다. 설마 했
는데 정말 10킬로미터 넘게 오르고 올라도 끝이 없는 오르
막 구간. 숨이 차오르고 다리는 뻐근해온다. 살다 살다 이
런 오르막은 또 처음이었다. 정글 트레일이 아닌 징글징글
트레일이라는 소리가 여기저기서 들려온다. 그 말에 격하
게 공감해 피식 웃음이 난다. 흡사 짐승 소리와 같은 허덕임
으로 헉헉거리며 정상에 오르는 내내 중얼거렸다. "나는 할
수 있다. 나는 나를 사랑한다. 다리야 고맙다. 감사하다." 계
속해서 나에게 주문을 걸었다. 누가 들으면 미친 거 아닌가
하고 생각할 정도로 쉼 없이 중얼거렸다. 효험이 있었다. 쥐
가 내려 뻐근해오던 다리가 움직이고 그래도 더 나아갈 힘
이 생겼다. 땀인지 빗물인지 콧물인지 모를 물이 얼굴에서
흘렀다. 땀을 식히기 위해 계곡물을 지날 때마다 세수를 했
다. 물은 더위를 식히고도 남을 정도로 차가웠다. 맑디맑은
물에 내 영혼까지 정화되는 느낌이 든다. 잠시 개방된 아침
가리계곡의 통제지역을 지나면서 리얼 자연을 느끼고 해발
1400미터 방태산 원시림을 달리고 바위 능선을 타며 사족
보행을 하기도 했지만 자연과 교감했던 여운이 가시지 않
는다.

와일드 트레일은 2019년부터 '정글 트레일'이라는 이름으로 변경됐다. 이 이름을 제안한 사람이 바로 '나'다. 훗! 작명 센스! 대회명을 바꾸려 한다는 말에 직접 달려본 후의 느낌이 우거진 숲을 지나고 바위를 넘고 수차례 계곡을 넘는 코스가 마치 정글을 탐험하는 듯했기에 정글 트레일이 어떨까라고 제안했다. 열린 마음으로 참가자와 선수들의 이야기에 귀를 기울이고 언제나 더 나은 방향으로 이끌어가는 대회 주최자인 유지성 대장은 한국형 정글의 느낌이 딱 어울린다며 그 이름을 바로 채택했다. 2019년 정글 트레일은 많은 트레일 러너들에게 꼭 달리고 싶은 테크니컬한 코스로 인정받는 대회로 자리 잡았다. 내가 지은 대회명이라 그런지 더 애착이 간다. 올해엔 나도 징글벨 대신 '정글벨'을 울리러 정글 트레일에 다시 선수로 참여할 생각이다.

아무튼 첫 장거리 트레일런 대회에서 깨달은 건 내 시야에 앞 선수가 보여도 같은 조건의 힘든 상황 속에서는 그가 멈춰 서지 않는 이상 따라잡기가 힘들다는 거였다. 욕심이 앞서 능력 이상의 빠른 페이스로 달린다면 잠시 추월은 가능하나 얼마 못 가 퍼질 게 분명하기에 그저 내가 낼 수 있는 속도로 부지런히 가는 수밖에 없다. 앞 사람이 멈춰 서길 기대하고 기다리고 끌어내리려 하기보다 꾸준히 한 발 한 발 쉬지 않고 걸으면 적어도 뒤에서 오는 선수에게 잡힐 일은 없겠다는 생각이 들었다. 혹여 더 빠르게 열심히 달려 나를 추월하는 선수가 있다면 존경의 박수를 치며 앞 선수의 발걸음을 응원했을 것이다.

러닝의 경쟁상대는 누군가가 아닌 어제의 '나'라는 사실만 잊지 않으면 된다. 31킬로미터를 오르고 내리길 반복한 끝에 만난 일반도로, 마지막 1킬로미터 골인지점을 향해 달리는데 골인지점이 약간의 업힐에 위치해 있다. 오 마이 갓. 조금만 걸어서 숨을 고르고 다시 뛸까라는 생각이 들던 찰나 골인지점에서 응원하는 사람들이 흔드는 종소리에 파블로의 개처럼 내 다리가 반응을 한다. 그렇게 뛰어 들어가니 여자 3등이라고 축하해주는 사람들. 나도 믿기지가 않았다. 그런데 잠깐만, 정작 우리 팀 멤버들이 보이지 않는다. 이런, 배신자들. 먼저 들어가서 밥을 먹고 있었다. 내가 이렇게 빨리 들어올지 몰랐다며 웃는다. 하긴 나도 몰랐다. 이렇게 즐겁게 빠르게 달릴 줄은 말이다. 그들은 안 그래도 밥

먹으면서 세진 씨 울면서 내려오고 있는 거 아니냐는 말을 나눴다고 했다. '아니 이 싸람들이 말이야, 나를 어떻게 보고! 그렇게 나약하지 않다고요!'

애초에 입상을 바라고 나간 대회는 아니다. 그저 자연 속을 달려보고 싶었다. 내가 선택했고 오고 싶어 참여했다. 힘들다는 생각보다 경기 내내 미션을 하나하나 풀어가는 느낌에 지겨울 틈이 없었고 운무가 춤추는 능선을 걸으며 행복했다. 더뎌지더라도 멈추지 않고 임했을 뿐인데 입상의 영광까지 주어지니 이야말로 산신령께서 도와주신 것이 분명하다. 포기하지 않고 멈춰 서지 않았기에 스스로에게 감사하다는 말을 수없이 되뇌었다.

처음으로 장거리 트레일 러닝 대회의 포디엄에 올랐다. 목에 메달이 걸리는 순간 6시간 20분 동안 달려 뻐근했던 다리가 가벼워지고 몸의 피로가 사라졌다. 스포트라이트를 받고 또 흥이 오르며 시상대 위에서 노래를 했다. 아 진짜 나 왜 이러니. 때와 장소를 구분 못 하고 깨방정을 떠는 나를 내도 어떻게 할 수가 없다. 물론 그 후로는 포디엄에 오르기는커녕 근처도 못 가고 있다. 그날의 수상은 초심자에게 오는 일종의 행운이었다고 생각한다.

나 자신을 개선하면 내 세상을 개선할 수 있다는 말이 있다. 나는 이렇게 내 세상을 행복하게 물들이는 중인 듯하다. 건강은 스스로 만들어가는 것이다. 운동은 자신을 위해 행하는 일이며 나를 건축하고 세우는 의미 있는 행위다. 나는 그 방법으로 달리기를 선택했다. 포디엄에 오르던 오르지 못하던 간에 완주하는 모든 사람이 챔피언이다!

# 러너의 몸이란

~~~~~~~~

"님, 면봉이세요?"

주위에서 걱정이 많다. 머리만 커 보인다며 살 너무 빼지 말라고 한다. 그게 내가 빼는 게 아니라 빠져 보이는 거라 설명해도 어디 아픈 거 아니냐고 묻는다. 친한 친구들은 멸치 대가리 같다며 인신공격도 서슴지 않는다. 러너 아닌 자들이 모르고 하는 말에 성낼 필요 없지, 라며 나를 다독인다. 그러면서 한편으로는 친구들 말을 인정한다. 내가 봐도 좀 그런 면이 없잖아 있기에. 몸무게는 그대론데 군살이 빠지면서 달리기에 최적화된 몸이 되고 있다. 뭐 언뜻 보면 하얀 모자를 쓰고 있는 모습이 면봉 같기도 하다. 체중감량을 원하는 자들이여 달리기를 하자! 이것만큼 건강한 살 빼기가 어디 있단 말인가.

1킬로그램이 빠질 때마다 기록은 1분씩 단축된다는 말이 있다. 그만큼 달리기에 있어 체중조절은 중요하다. 그런데 프로가 아닌 이상 이것에 스트레스 받을 필요는 없다. 나처럼 즐거워서 달리다보면 자연스레 자신에게 맞는 적정 체중이 되어 있을 것이다. 근육은 점점 밀도가 높아지며 탄탄해질 것이다. 헐떡대던 심장은 어느새 페이스에 적응해 한결 편해진다. 그만큼 심폐기능도 강화가 된 것이다. 이렇게 조금씩 나타나는 몸의 변화를 느끼며 어제보다 나아진 나를 발견한다.

달리기의 단점이 없는 것은 아니다. 그게 운동복을 입고 있을 때는 햇볕에 알맞게 그을린 구릿빛 피부와 운동으로 만들어진 적당한 근육이 세상 빛난다. 내가 봐도 좀 멋져 보인다는. 간혹 나르시시즘에 빠져 허우적댄다. 반면에 강연 때나 미팅 때 정장을 입으면 옷에 휘감긴 새카맣게 탄 내 모습이 그렇게 촌스럽고 참 없어 보인다. 예전엔 정장빨 하나는 끝내줬는데 말이다. 허구한 날 러닝복장으로 다닐 수 없는 노릇이라 모든 것엔 '적당히'가 필요함을 인지한다.

또 하나는 피부다. 남녀를 떠나 운동 전 선블록을 두껍게 쌓아 올려도 달리며 흐르는 땀에 절반은 씻겨 나간다. 덧바르는 것도 말처럼 쉽지 않기에 그냥 두고 뛰는 경우가 대부분이다. 안 그래도 여름이면 자연 갈변화가 일어나 잘 타는 피부에 달리기까지 하면서 나는 사시사철 그을린 피부로 생활한다. 요즘엔 선탠이 되는 낮보다 은은한 달빛 받으며 달리는 문탠을 즐기고 있긴 하지만 한번 탄 피부는 '너는 러너'임을 잊지 않도록 상기시켜준다. 그렇다고 해서 달리기를 하는 모두가 이렇게 까만 것은 아니다. 잡티 하나 없는 백옥 같은 피부를 유지하는 러너들이 신기할 따름이다.

예전에 나는 뱀파이어마냥 집에 있을 때 암막커튼을 치고 스스로 어둠의 자식이라 일컬으며 자외선 차단에 힘썼었다. 그땐 지금의 나를 상상할 수 없었다. 사람 참 오래 살고 볼 일이다. 심지어 여름엔 땀이 흘러 얼굴이 온통 소금기로 서걱거린다. 겨울이면 송곳 같은 찬바람이 피부를 뚫을 기세로 공격해온다. 귀와 코와 입이 잘 붙어 있는지 훈련 후에 확인부터 할 정도로 말이다. 자외선 공격에 이어 찬 공기의 역공에 피부는 정신을 잃은 지 오래다. 그런데 나는 운동 후 땀이 나며 반질거리는 내 얼굴이 참 좋다. 일부러 고통을 즐기는 그런 사람은 아니니 오해 마시길. 건강한 땀으로 범벅 된 자신의 얼굴을 마주한 자들은 아마도 알 것이다. 달리기를 통한 긍정적 신체 변화와 건강 회복에 대한 자료는 수두룩하다. 그런 기사를 접할 때마다 격하게 공감한다. 지금 나에게서 일어나고 있는 것들이기에 그 누구보다 공감하며 말이다.

《달리기와 존재하기》의 저자 쉬언은 "인간은 자신의 참된 높이까지는 가보지도 못하고 살기 때문에 점점 병들게 된다"고 말했다. 자신의 한계를 매번 넘어서게 해주는 운동, 나에게는 달리기다. 참된 높이가 어딘지는 모르지만 매번 그 한계를 극복하고 있고 그래서 삶이 점점 더 건강해지고 있다. 보여지는 모습이 뭐 그리 중하단 말인가? 나는 내면의 충만함을 느끼는 삶을 선택할 것이다. 러너는 더욱 자유로운 몸을 위해 자신의 몸을 스스로 만들어가는 건축가인 셈이다.

## 달리기 좋은 날씨란 없어

〜〜〜〜〜〜〜〜

몸과 마음이 건강한 사람에게 나쁜 날씨란 없다.

하늘이 맑던 흐리던 모두 그 나름의 아름다움을 갖고 있다.

―조지 기싱(George Gissing)

달리기를 대하는 내 마음만 있을 뿐.

아침에 달리면 부지RUN

비올 때 달리면 우중RUN

더울 때 달리면 사우나RUN

모든 순간, 달리기.

그중 내가 가장 좋아하는 달리기는

여름 습기 가득 머금은 날에 땀 흘리고 나서

살짝 얼어 있는 식혜를 마시는 식혜RUN

식혜 한 모금을 위해 나는 그렇게도 열심히 달렸나보다.

이것이야말로 완벽한 주객전도.


암튼, 달리기 좋을 때는 아무 때나 마음이 동(動)할 때다.

## 설렘과 뒤척임 그 사이에서

~~~~~~~~~

"여기 짜장면 하나 주세요."

쫄깃한 수타면에 먹음직스럽게 올려진 짜장 소스, 그 위에 고춧가루를 찹찹 뿌려준다. 고춧가루 정도는 팍팍 넣어줘야 짜장면 좀 먹을 줄 아는 사람 아닌가. 젓가락으로 야무지게 비벼 한 입 크게 넣고 우물거린다. '그렇지 면은 한 입 가득 넣고 씹어야 제 맛이지.' 풀코스나 트레일 러닝 대회 전날이면 의식처럼 먹는 음식이 바로 짜장면이다. 사실 그냥 맛있어서 먹는데 대회 핑계를 대는 건지도 모르겠다. 그렇게 짜장면 한 그릇을 설렘과 함께 비벼 먹는다.

장거리 달리기를 할 때 지구력에 꼭 필요한 에너지 원인 탄수화물이 절대적으로 필요하다. 일명 카보로딩 (Carbohydrate Loading)이라고 글리코겐 축적을 위해 탄수화물 비중을 높이는 식사법을 의미한다. 프로 선수의 경우는 일주일 전부터 글리코겐을 전부 소진하는 고강도의 운동 후 단백질 위주의 식단을 하다가 대회 삼일 전부터 탄수화물 양을 늘리며 체내에 최대한 많은 글리코겐을 저장하게 된다. 아 블라블라 이건 좀 복잡하다. 생물시간에 공부를 더 열심히 해둘 걸 그랬다. 어쨌든 나는 그저 전날 짜장면 한 그릇을 먹고 포만감을 느끼며 충분한 에너지가 저장됐겠지 생각한다.

그리고 나서 대회 때 입을 경기복과 필수 준비물을 체크한다. 마라톤 경기인 경우 기능성 상하의와 발에 잘 익은 러닝화, 그리고 땀의 배출과 건조를 도와줄 기능성 양말을 우선 챙긴다. 나는 발가락 양말을 선호한다. 그리고 햇볕으로부터 정수리와 얼굴을 보호해줄 모자, 내 눈은 소중하니까 고글. 사실 고글은 멋내기용으로 챙기는 경우가 더 많긴 하다. 무엇보다 속옷은 빨간색을 선호한다. 예전에 아주 예전에 사주카페에 갔었는데 그때 내 사주엔 붉은색이 에너지를 준다나 뭐라나. 에이 그런 게 어딨어라고 했지만 중요한 날엔 꼭 빨간색에 손이 가게 됐다.

그리고 에너지를 공급해줄 나만의 뉴트리션. 이른바 에너지젤과 식염포도당 등이다. 취향이나 입맛에 따라 다양한 맛을 골라 준비할 수 있는데 나는 오렌지 맛이 나는 젤을 좋아한다. 상큼하니 기분을 전환시키는 데도 일조하기 때문이다. 준비할 게 많긴 많구나. 그런데 이 과정이 귀찮기보다 즐겁다. 경기 뛰는 모습을 상상하며 하나하나 정성스레 준비하는데 성스러움이 깃든다고 하면 이상하게 들릴까.

마라톤 전용 바지는 주머니가 없다. 그래서 에너지원들을 양쪽 손에 들고 달리는 경우도 있고 허리에 착 감기는 벨트를 하기도 한다. 그리고 내 소중한 무릎과 발목을 지지해줄 곤텍스를 챙기고 또 뭐가 빠졌나 곰곰이 생각해본다. 아, 다음날 아침에 먹을 바나나나 소화가 잘 되는 음식을 준비해둔다. 트레일 러닝의 경우에는 준비 물품이 다르다. 중요한 걸 빠뜨렸다. 슬리퍼를 챙겨야 한다. 장거리와 트레일을 달리고 나면 발이 좀 붓는다. 그럴 때 편한 신발로 갈아 신으면 좋으니까 리커버리용 슬리퍼도 잘 챙겨야 한다. 그리고 나머지는 개인의 취향이다. 슬리퍼가 없다면 피니시 후에 운동화 끈을 최대한 느슨하게 풀어주는 것이 달리며 고생한 발에 대한 최소한의 배려다.

깔끔한 러너들은 샤워용품도 챙긴다는데 나는 그냥 끈적한 채 돌아다녀도 그리 찝찝하지 않기에 안 챙기는 경우가 대부분이다. 그러고 보니 이미 나에게 씻는 것에 대한 귀찮음이 자리 잡고 있었나보다. 잠자리에 들어 눈은 감고 있는데 정신은 말똥말똥해진다. 기록 욕심도 없는데…… 완주할 수 있겠지? 기대감과 걱정의 경계에서 생각이 너울질을 한다. 장거리는 아무도 장담할 수 없다. 끝까지 가봐야 아는 거다. 그래서 매번 긴장되고 설렌다. 내일의 나는 어떤 모습일까. 웃으며 피니시가 늘 내 목표다. 그걸 해낼 수 있을까.

이런저런 생각을 하다 잠을 청한다. 양도 세고 별도 세어보지만 잠이 올 기미가 안 보인다. 그렇게 대회 전날은 숙면을 위해 일찍 잠자리에 들지만 늘 몽롱한 상태로 일어나

게 된다. 그런데 신기한 건 대회장에 가면 그 분위기에 동화
돼서인지 급 파이팅이 넘친다. 그렇게 나는 출발선에 또다
시 선다. 처음 달리기에 입문해서 첫 대회에 참가한 지인들
이 발을 동동거리며 긴장된다고 한다. 분명 조금 전 화장실
에 다녀왔는데 또 화장실에 가야겠다며 급하게 발걸음을 옮
긴다. 그때 이렇게 말했다. "긴장이 아닌 기분 좋은 설렘인
거예요."

# 멈춰 서도 괜찮아

～～～～～～～～

버스에 올랐다. 먼저 탑승해 있던 사람들은 시선을 피한다. 패잔병처럼 버스 좌석에 늘어져 있거나 고개를 숙이고 있거나 잠을 청하고 있는 모습이다. 무거운 공기가 나를 짓누르려 한다. 그렇다. 이 버스는 중도에 레이스를 포기한 선수들을 결승지점까지 데려다줄 호송버스다. 산세가 험하거나 교통편이 마땅치 않은 트레일 러닝 대회에서는 체크포인트 특정 지점에 이런 버스나 차량을 배치해둔다. 부상을 당했거나 다른 이유로 경기를 지속할 수 없는 사람들을 무사히 이동시켜주기 위해서다. 하지만 그 가운데 나는 해맑아도 너무 해맑다. 뭐 대회에서 달리다보면 그럴 수도 있지 뭐. 신발에 양말까지 벗어던진 채 최대한 편안한 자세로 그 때까지의 레이스를 복기하며 다음엔 이번보다 더 멀리 갈 수 있겠지라며 다짐한다.

하긴 나도 출발선에서 당차게 뛰어오를 때만 해도 이 버스를 타게 될 줄은 생각하지 못했다. 얼마나 기다렸던가. 황금빛 억새 너울이 너무나 장관인 영남 알프스를 달리는 순간을 말이다. 42킬로미터 남짓 되는 거리를 달리는 대회에 참여했다. 이 대회가 더 기억에 남는 것은 내 첫 DNF인 것과 더불어 2018년의 첫눈을 그날 경기 중에 맞이했기 때문이다. 그때까지는 좋았다. 첫눈 오는 날 산을 달리다니 소위 기분이 째졌다. 하지만 눈은 곧 비로 바뀌었고 머리부터 눅눅해져갔다. 그 눅눅함과 축축함은 몸을 늘어지게 만들었고 다리 역시 무거워졌다. 먹고 살겠다는 의지를 불태우며 에너지젤을 다량 흡입하며 갔건만 한없이 이어진 내리막길에서 그만 질리고 말았다. 하기 싫은 마음이 드니 뇌가 자꾸 내 몸을 속인다. 발목이 아픈 것 같은 느낌적인 느낌이 든다.

'이번만 뛰고 안 뛸 거야? 몸 생각해야지. 무리하지 마.'
마음의 소리가 자꾸만 들렸다. 그럼에도 조금 더 가볼까 하
는 생각은 있었지만 세 번째 체크포인트에서 끓여주는 어묵
국을 두 사발 먹고 마음이 바뀌었다. 어묵에 김가루 솔솔 뿌
려진 어묵국이 너무나 맛있었다. 한 그릇은 아쉬워 조금 더
달라고 사정해서 두 그릇을 비웠다. 배부르면 만사가 귀찮
아지는 건 인지상정 아닌가. 피로가 녹으며 배도 부르고 이
미 마음이 떠난 길을 아득바득 오르자니 쉽지 않을 듯했다.

그래도 여기까지 온 게 아까우니 천천히 완주라도 할
까, 라는 마음이 잠시 잠깐 들었는데 마침 함께 동행한 동
생이 무리하지 말라며 나를 붙들어줬다. 내심 말려주길 바
랐는데 옳다구나 싶어 못 이기는 척 그만하겠다 선언했다.
지금에 와서 이야기지만 중현아, 말려줘서 고마워. 우리는
DNF(did not finish: 완주하지 못했다) 하면서 뭐가 좋은지 활
짝 웃으며 인증 사진까지 찍으며 내년에 다시 리벤지 하러
오자고 약속했다. 당시 리벤지를 선언한 동생은 작년에 멋
지게 완주하고 왔다. 멋진 사람! 하지만 나는 그곳에 가지
않았다. 그 내리막은 나랑 안 맞아도 너무 안 맞아.

이게 바로 나의 첫 DNF다. 우리 멤버들은 우리가 생각하는 DNF는 'Do next finish'라고 했다. 참 좋은 말이다. 앞으로도 달리고 싶은 곳을 달릴 기회도 많기에 이는 끝이 아닌 다음을 기약하는 일이다. 생각해보니 더 나은 내일을 위해 멈춰 서는 용기도 필요한 것 같다. 달리기를 하면서 만난 사람들은 긍정적이고 자신의 한계에 맞서며 나아가는 사람들이다. 그들에게 나는 오늘도 배운다.

# 나는 이렇게 달려

~~~~~~~~~~~~~~~~

마음이 동할 때 그냥 달려.


공허함을 충만함으로 채워주고,

복잡함을 단순함으로 비워주며,

답답함을 개운함으로 바꿔주는.

그 신비를 나는 달리기를 통해 경험하고 있다. 달리기
는 신발을 신고 나가기까지가 제일 힘들다. 막상 나가서 몸
을 움직이다보면 언제 그랬냐는 듯이 기분이 절로 좋아진
다. 몸이 조금씩 주위 환경에 반응을 하기 때문이다. 달리기
를 위한 특별한 방법 따윈 없다. 그냥 하는 게 제일이다.

# 남산에 살어리랏다

~~~~~~~~~

## 새로운 남산을 만나는 법

바야흐로 10월. 파랗고 맑은 가을 하늘을 눈에 담느라 바쁜 시기다. 사계절 중 가장 좋은 공기를 마실 수 있는 때이기도 하다. 이럴 때 달리지 않는 것은 날씨에 대한 예의가 아니지. 이 시기에 공기를 깊이 들이마시면 단맛이 난다. 맛있는 공기를 마시고 싶어 자꾸 심호흡을 하게 된다. 그리고 숨차게 달리고 싶어진다. 그래서 남산을 자주 달린다. 이곳은 내 최애 러닝 코스다. 가을이 서둘러 가버리기 전에 러닝 마일리지를 최대한 쌓아야지.

달리다보면 매번 새로운 남산을 만나게 된다. 적당한 오르막과 내리막이 반복되는 구간도 있고 한양 도성길을 따라 야경을 즐기며 달리는 코스도 있다. 터질 듯한 심장을 느껴보고 싶은 날에는 남산타워까지 2킬로미터 정도 되는 오르막을 쉬지 않고 오르기도 한다. 밋밋함이 싫은 날에는 헤드랜턴을 켜고 남산 트레일 구간을 달리기도 한다. 서울 한복판에 이런 숲길이 있다는 것에 놀라며 달리다보면 어느새 남산타워가 눈앞에 보인다. 정말 다양한 매력을 지닌 최고의 훈련코스가 아닐 수 없다. 그래서 이곳이 러너들의 훈련 성지로 손꼽히나보다.

남산의 밤은 낮만큼 아름답다. 전망대에서 야경을 보고 있노라면 감탄사가 절로 나온다. 해외 그 어느 야경 명소와 견주어도 부족함이 없다. 특히 남산타워는 밤이면 불빛으로 공기의 질을 알려준다. 미세먼지 농도가 짙은 날엔 붉은색을 띠고 있다. 이런 날은 집 밖은 위험하기에 러닝 대신 집에서 얌전히 맨몸운동을 하는 것이 낫다. 어쨌든 타워가 파란 불빛으로 빛나는 밤이면 공기가 최상의 상태임을 의미한다. 가을 문턱에 들어서면서부터 남산타워가 하늘빛과 같은 색을 하고 있는 날이 많아졌다. 달림이들에게 참 좋은 요즘이다.

나는 특히 월요일의 남산을 좋아한다. 화요일에도 수요일에도 목요일에도 주말에도 달려봤지만 남산의 월요일이 제일 고요하기 때문이다. 러너들의 숨소리로 가득 찬 활력과 생명력 넘치는 남산도 좋지만 풀벌레 소리와 은은한 달빛을 받으며 문탠하는 기분을 조용히 느끼고 싶은 욕심도 있다. 월요일에 여러 번 달려본 결과, 러닝크루에서의 단체 훈련도 없고 개인적으로 뛰는 러너들도 열 명 이내로 만날 뿐 대체적으로 매우 한산하다. 나름대로 추측해보건대 주말에 전국 각지에서 열리는 대회에 참여해 불태운 러너들이 월요일은 조금 쉬어가는 게 아닐까 싶다. 휴식도 훈련의 일환이니 말이다.

어쨌든 나는 월요일에 남산을 찾는다. 함께 운동하고 있는 UTRK 단체방에 남산 훈련 번개를 올리면 '세진 언니의 남산병은 늘 옳아요'라며 함께해주는 동생들이 있어 행복하다. 사실 나에게 남산까지 가는 일은 제법 번거롭다. 용인 집에서 오기에 교통편도 애매하고 시간도 오래 걸린다. 대중교통을 이용하자니 답이 없고 운전을 해서 오자니 교통 체증에 세상에서 가장 내기 싫은 돈인 주차비가 든다. 한 시간의 훈련을 위해 왕복 세 시간을 길 위에 버리는 것도 그다지 효율적이지 않다. 그래도 그게 대수랴. 남산 훈련 날에 부러 종로나 서울역 쪽에 미팅을 잡거나 약속을 만든다. 아니면 노트북을 챙겨 나와 남산 근처 카페에서 글을 쓰거나 강연 자료를 만들곤 한다. 일도 하고 운동도 하고 어떻게 해서든 하고 싶은 것을 하는 성격 하나는 잘 타고났다. 함께하는 러닝메이트들이 있기에 이런 번거로움을 상쇄하고도 남는지 모르겠다.

이런 나에게 러너 아닌 친구는 "남산은 케이블카 타고 가는 곳 아니야?"라며 거길 왜 달려 올라가느냐고 핀잔을 준다. 그런 친구가 정말 귀엽다. 나도 그랬으니까. 남산은 소풍 때나 케이블카 타고 올라가는 곳이었다. 남산을 달려 올라간다는 것은 상상할 수 없었다. 러너 아닌 이들에게 남산을 뛰는 사람들이 신기해 보이긴 한가보다. 정상까지 오르는 버스를 탄 승객들이 창밖으로 달리는 우리를 구경한다. 그 시선이 나쁘지 않다. 가끔 우쭐한 기분도 들고 내가 막 되게 멋진 사람처럼 느껴지기도 한다. 자뻑도 이런 자뻑이 또 있을까. 그렇게 오르막을 달리다보면 힘겹게 페달을 밟고 오르는 라이더들과 자주 마주친다. 우리는 그들이 신기하다. 이 힘든 오르막을 자전거를 타고 올라가다니! 참 이해할 수 없다. 라이딩을 하는 사람들은 달림이들을 보고 대체 여기를 왜 달려 올라가는지 도통 이해할 수 없다고들 한다. 버스 승객이 달리는 사람들을, 달리는 사람들은 자전거 타는 사람들을, 자전거 타는 이들은 또다시 달리는 사람들을. 서로가 서로를 신기하게 바라보는 이 상황을 뭐라 정리해야 할까.

경험해보지 않았기에 모르는 거고 모르기에 이해하지 못하는 거겠지. 인생이란 "다채로우면 다채로울수록 더 좋다"고 독일 시인 노발리스는 말했었다. 새로운 남산을 만나고 싶다면 버스나 케이블카가 아닌 두 발로 걸어보길 권한다. 달려보면 더 좋고. 암튼 지금까지 보지 못한 것들이 보이게 될 것이다. 정상에서 불어오는 시원한 바람이 그립고 서울의 멋진 야경이 보고 싶어서 나는 또 남산에 오른다. 새로운 남산을 만나고 싶은 러너들이여 함께 달려보자!

# 3

>> 함께 더 멀리 자유롭게!

# 달리기와 인문학

인문학 열풍이다. 관련 책들과 강연이 쏟아져 나온다. 왜 우리는 인문학에 열광할까. 우리 삶에 인문학이 왜 필요한 걸까. 인간의 가치 탐구와 표현활동을 대상으로 한다는 사전적인 정의로는 설명이 부족하다. 무슨 말인지도 사실 잘 모르겠다. 나 역시 대학원에서 교육사철학을 전공하며 동양철학에 관심을 두고 공부했지만 인간과 관련된 근원적인 문제나 사상, 문화 등을 중점적으로 연구하는 학문이라는 표현이 그리 피부로 다가오지 않는다. 그리고 여전히 인문학이 멀게 느껴지고 어렵게 다가온다. 나에게 "철학이 뭐예요?" "인문학은 뭐죠?"라는 질문을 하면 땀이 삐질 난다.

철학을 전공했다고 하면 계속 이런 질문을 해서 요즘은 말을 더 아끼게 된다. 사실 하면 할수록 잘 모르겠다. 한 마디로 정의내릴 수도 없다. 배움을 통해 알게 된 것은 내가 뭣도 모른다는 것이다. 나 역시 되묻고 싶다. 그러게요, 인문학이 뭘까요?

내가 하고 있는 몸에 관련된 강연이 '몸의 인문학'이라는 주제로 포장되어 있는 경우가 종종 있다. 내 의도와 상관없이 말이다. 그저 어떠한 단어 뒤에 '인문학'이 붙으면 좀 있어 보인다는 느낌 때문일까. '아. 부담스러워.' 나에게 무언가를 기대하는 눈빛을 보내는 청중의 시선에 나는 왜 한없이 작아지는가? 나만의 정립이 필요했다. 내가 생각하는 인문학에 대한 정의 말이다. 기존의 정의에 매몰되다간 작아지다가 소멸될 지경이다. 그러기 위해서는 우선 주어진 삶을 열심히 살아내야 했다. 내 삶과 말과 앎이 일치되는 오늘을 살아야 했다. 행동한 대로 말하고 말하는 대로 실천하면서 글을 썼다. 그렇게 하다보니 삶을 더 사랑하게 됐다. 그러면서 '아, 인문학은 제대로 사랑하기 위해 하는 거구나'라는 나만의 정의를 내리게 됐다. 삶과 사람을 사랑하기 위한 공부, 그것이 내가 생각하는 인문학이다.

삶과 사람을 사랑하기 위한 방법은 여러 가지가 있다. 나는 그 방법 중 하나로 달리기를 꼽는다. 달리기가 인문학과 무슨 상관이 있냐고 갸우뚱하는 사람도 있을 수 있겠지만 내가 경험하고 있는 달리기는 삶을 사랑하는 것이 무엇인지를 깨닫게 해줬다. "정신에 낀 때에 육체 활동만큼 잘 듣는 이태리타월도 없다"는 박총 작가의 말처럼 달리기는 잠들어 있던 몸을 일으켰고, 숨죽여 있던 마음도 깨워냈다. 여기저기 끼어 있던 나태함, 안이함, 무기력이라는 때를 벗겨내주었다. 그렇게 깨어난 몸과 마음으로 열정적으로 사랑할 수 있었고, 살아갈 수 있었고 나아가고 있다. 이거면 충분하지 않은가. 나에게 실천하는 삶과 사유하는 삶을 연결해주는 그 고리가 달리기다.

이성복 시인의 시론(詩論)을 담은 《무한화서》에 "사랑의 깊이를 알 수 있는 건 이별하는 순간이듯이, 리듬이 중요하다는 건 리듬이 깨지는 순간 알게 돼요"라는 글처럼 삶의 밸런스가 깨지고 무너지는 순간이 되어서야 우리는 삶의 의미를 뒤늦게 알아차리게 된다. 달리기가 우리네 삶 자체를 바꾸진 못하지만 적어도 삶을 대하는 태도는 바꿀 수 있다. 러너들은 고통을 창조적으로 승화시키며 건강과 행복한 삶을 향해 중단하지 않고 계속 달릴 수 있는 힘이 있기 때문이다.

달리기를 하다보면 숨이 막히고 힘든 순간들이 자주 찾아온다. 달리기를 멈추거나 그럼에도 참고 달리거나 스스로 선택해야 한다. 달리기를 오래 한 건 아니지만 내 경험에 비춰보면 힘든 순간을 조금만 참아내고 스스로에게 집중하다보면 또 달릴 힘이 생기고 달릴 만해지더라. 처음에는 수시로 멈춰 서고 '나 너무 힘들어'라며 주위에 어필하고 스스로를 설득시켰는데 지금은 뇌가 보내는 거짓 신호에 속지 말 것! 이 순간 한 번 넘겨보자라고 스스로를 다독인다.

그러면서 '러너'란 고통을 창조적으로 승화시키며 행복한 삶을 향해 중단하지 않고 달리는 사람이라는 정의를 내리게 됐다. 삶에도 대입할 수 있는 이야기라고 생각한다. 불안함, 불편함, 고통, 불행이 산재해 있는 삶. 오죽하면 행복이란 불행과 불행 사이에 잠깐 찾아오는 휴식 같은 거라는 말이 있을까. 수시로 찾아오는 힘든 순간을 어떻게 맞이할지는 스스로의 몫이고 선택이다. 달리기의 힘든 순간을 맞이하는 것과 다를 게 뭐가 있는가?

달리기와 삶, 흔히들 인생을 마라톤에 비유하는데 이제는 너무나 흔한 비유라 식상해 휴지통에 내다 버려야 할 정도다. 하지만 그럼에도 여전히 이렇게 둘 사이에 연결점을 발견하고 공통점에 대해 이야기하는 데도 다 이유가 있다. 정말이지 그렇게 연결하려 하지 않아도 달리기를 하다 보면 절로 인생이 그려지고 삶에 대해 떠올려진다. 또 일상을 살아가다보면 수시로 달리기가 연상되고 달리는 자신의 모습이 떠오를 때가 있다. 이 둘의 공통점은 뭘까. 어떤 연결고리가 있을까. 달리기를 삶을 사랑하는 인문학과 연결지을 수 있을까라는 호기심이 발동된다.

## 잠재력

'뛸 수 있을까? 난 달리기를 해본 적이 없는걸.' 누구에게나 처음은 있다. 잘할 수 있을까를 걱정할 시간에 일단 경험해보라. 생각지도 못한 잠재력을 발휘하는 자신을 발견하게 된다. 200미터도 버거워하던 내가 250킬로미터의 사막 레이스를 완주한 것을 보면 우리 안의 잠재력이 무한한 건 맞는 듯하다. 내면에 숨어 있던 힘을 느끼는 순간, 삶에도 에너지가 적용되기 시작한다. 우리 모두 처음 살아보는 오늘을 살고 있다. 매 순간 한계에 부딪히기도 하고 새로운 환경에 놓이기도 한다. 그 순간 스스로의 힘을 믿어라. 페르시아의 시인 잘랄루딘 루미의 '너 자신의 신화를 펼쳐라(Unfold your own myth)'라는 말처럼 당신의 신화는 이미 당신 안에 내재되어 있다. 그것을 계속 잠재워둘지 발휘할지는 온전히 당신의 선택이다.

## 도약력

달리기를 시작했다고 해서 어느 순간 갑자기 기록이 좋아지고 호흡이 편해지는 기적은 생기지 않는다. 오히려 한 번 트인 호흡도 훈련이 부족해지면 도로 숨길이 막히면서 힘들어진다. 이른바 달리기에 대한 재미와 실력이 공중으로 뛰어오르는 도약의 순간은 노력 없이 절대 이뤄질 수 없다. 조금씩 천천히 어제보다 5초 줄이기, 지난 기록보다 조금 더 줄이기 등의 실현 가능한 목표를 세우고 노력하다 보면 어느새 훌쩍 도약한 자신을 마주하게 된다. 삶에도 비슷하게 적용될 수 있는 부분이라 생각한다. 먼 미래에 대한 목표설정도 때론 필요하지만 일상에서의 작은 성취감을 반복적으로 경험하며 양적 성취감을 통한 질적인 도약을 준비하는 것이 더 단단한 삶을 살아가게 하는 방법이 아닐까.


## 집중력


달리기를 하다보면 심장이 콧구멍 앞까지 튀어나온 느낌이 드는 순간이 있다. 누구나 오르막은 힘들고 빠르게 달리면 지친다. 그 순간에 러너들은 '놔버린다'고 표현하는데 그 집중력을 놓는 순간 뒤로 쭉쭉 밀리면서 속도가 뚝 떨어지는 경험을 하게 된다. 그렇다. 언덕을 오르기 위해 집중하는 힘이 필요하다. 스스로 그 끈을 놓지 말아야 한다. 집중을 놓치는 순간 멍해지는 경험을 하게 된다. 그리고 집중이 깨지는 순간 부상이 오기도 한다. 꼭 달리기가 아니라도 적용되는 말이다. 무언가를 행함에 있어 마음이나 주의를 집중하는 힘은 매우 필요하다. 집중력은 원하는 지점에 원하는 시간 안에 당신을 도달케 한다.

## 실행력

아무리 좋은 프로그램이 있어도 받아들이는 것은 개인의 몫이고 얼마만큼 실행하느냐 역시 개인의 선택이다. 무엇보다 달리기 위해 운동화 끈을 동여매고 나가는 그 첫걸음이 중요하다. 앎과 삶을 연결하는 유일한 방법은 실행함에 있다. 각자의 입장과 처지가 다르기에 모든 것에 혹은 모두에게 '일단 실행하기' 방법을 강요할 수는 없다. 하지만 혼란스러운 상황에 대한 대처법으로 분명 효과를 볼 수 있다. 우리는 실존하는 존재다. 자유롭게 선택할 권리가 있다. 그 선택을 누군가가 대신 해주길 바라고 일이 뜻대로 되지 않을 때 남 탓을 하며 살지 말자. 책임을 타인에게 전가

시키기보다 스스로 책임지며 내 인생을 찾자. 원하는 목표가 있다면 지금 당장 시작할 수 있는 일을 찾아 실행하자. 작은 일이라도 지금 당장 할 수 있는 일을 찾아서 움직이다 보면 긍정의 에너지가 선순환하면서 힘이 나고 좋은 결과에 다다른다.

## 회복력

발목 부상을 입고 두 달여를 달릴 수 없게 됐다. 몸은 달리고 싶다고 아우성인데 말을 듣지 않는 발목 때문에 답답하다. 그런 나에게 선배들이 입을 모아 이야기한다. "휴식도 훈련이다." 그렇다 두 달이면 회복될 부상인데 무리해서 달리기를 했다가 6개월 이상 통증이 이어질 수도 있고 그만큼 회복이 더뎌질 수밖에 없다. 몸의 회복력을 믿고 가만히 기다려주는 것이 필요한 때가 있다. 예기치 못한 일을 당하거나 치열한 삶을 살면서 몸과 마음의 쉼을 허락하지 않을 때가 있다. 그럴 땐 '쉬지 않으면 영원히 쉬게 된다'는 책 속 구절이 도움이 됐다. 오래 멀리 가기 위해서 쉬어야 할 때와 나아가야 할 때를 정확히 판단하는 것도 내가 내 삶을 사랑하는 방법이다.


협력


달리기는 혼자 하는 경기가 아니다. 혼자 달리는 것 같지만 그 순간을 위해 함께 협력하고 한마음으로 달리는 사람들이 있다. 사막레이스도 그랬고 첫 풀코스도 그랬다. 매 순간 나는 혼자가 아니었다. '너는 혼자가 아니야'라는 그 한마디, 그 느낌 하나가 얼마나 나를 큰 사람으로 만들어주고 용기를 주는지 모른다. 그렇게 언제나 마음으로 응원을 보내주는 사람들이 있었다. 그리고 레이스를 하는 그 길 위에서 거센 바람을 막아주고 뒤에서 불빛을 비춰주는 동료가 있었다. 혼자가 아닌 동반자가 있었기에 완주가 가능했다. 러너들이 서로 느끼는 설명할 수 없는 감정이 있다. 그 보이지 않는 힘 덕분에 나는 오늘도 달린다. 역시 함께 사는 것이다. 너와 나의 관계 속에서 더불어 함께하기에 이 삶이 더 의미가 있다. 홀로 생존할 것인가 더불어 존재할 것인가.

건강한 몸이 가져오는 삶의 변화는 경험해본 자만이 알 수 있다. 건강한 몸과 마음의 조화로운 균형에서 아름다움이 비롯되고 행복한 삶이 탄생된다. 즉 자기를 배려하고 내 삶을 사랑하는 최고의 방법이 나에게는 달리기다. 철학자 데이비드 흄은 "아름다움은 본질적으로 사적이고 개인적인 경험이다. 아름다움은 보는 이의 눈과 마음속에 있다"라고 말했다. 그리고 "아름다움이란 물체 자체의 특성이 아니라, 이것을 응시하는 이들의 마음속에 존재한다"라고도 했다. 아름다움에 대한 이와 같은 흄의 말에 대해 함께 생각해 볼 필요가 있을 듯하다.

달리기가 내 삶을 더 사랑하게 만들었다는 것은 명백한 사실이다. 매 순간 내면의 아름다움과 강함을 발견하고 있다. 지극히 개인적인 경험이고 나만의 느낌이지만 그 힘은 알게 모르게 번져 나오고 주변을 물들이고 있다고 믿는다.

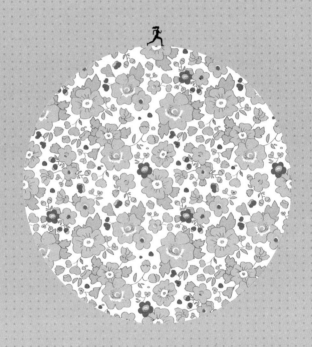

# 장비빨이야

〜〜〜〜〜〜〜〜〜〜

꼭 입어보고 싶은 예쁜 운동복을 발견했다. 꽃무늬가 박힌 싱글렛으로 지금까지의 운동복과는 조금 다른 느낌이다. 뭔가 촌스러운 듯하면서도 희귀한 아이템이다. 이른바 레어템. 한 마디로 눈이 뒤집혔다. 제대로 꽂혔다. 쇼핑몰에 들어가서 꽃무늬 운동복을 장바구니에 고이 옮겼다. 온라인 쇼핑몰을 구경하다보니 개나리색의 모자도 눈에 들어온다. 오호 이것도 예쁜데, 라며 망설임 없이 장바구니행. 이왕이면 같은 브랜드의 바지가 싱글렛에 잘 어울릴 것 같아서 바지도 담았다. 그런데 뭔 놈의 싱글렛 한 장 가격이 7만 원을 호가한다. 그래 봐야 달랑 세 개의 품목이 들어 있을 뿐인데 금액이 30만 원에 달한다. 이건 아니야. 요즘 반 백수로 생활하는 나에게 이건 너무나 큰 사치야. 생각보다 비싼 가격에 창을 닫는다.

나한테 제법 잘 어울릴 것 같은데…… 나에게 맞는 사이즈도 몇 장 안 남았던데…… 지금 안 사면 앞으로 영원히 이 옷을 가질 수 없을 거야라며 쇼핑몰 창을 다시 열었다. 하지만 이내 이미 무채색의 정장이 가득했던 옷장을 총 천연색의 운동복이 점령한 지 오래라는 데 생각이 미친다. 나는 충동구매는 하지 않아. 나는 신중한 사람임을 스스로에게 어필이라도 하려는 듯 다시 창을 닫는다. 그렇다. 쇼핑몰 창을 여닫기를 여러 번. 원래 이렇게까지 고민하는 타입이 아닌데 통장이 텅장이 되는 바람에. 결국엔 마감임박이라는 글자에 현혹되고야 말았다. 보기 좋은 옷이 입으면 더 좋은 거 아니겠어! 대신 바지는 살포시 삭제를 눌러 지우고 노랑이 모자와 티셔츠를 품에 안았다. 요즘 노랑이 모자는 안 감은 머리를 감추기 위해 열일을 하고 있다.

하지만 이런 최신의 모자와 기능성 옷, 신발 등이 내

운동 능력을 향상시켜주지는 않는다는 사실을 이제는 너무 잘 알게 됐다. 자기만족이라고나 할까. 달리기할 때 뭐가 필요한지, 트레일 러닝에는 어떤 준비를 해야 하는지 많은 사람들이 질문을 해온다. 최신 기능성 러닝화와 원활한 땀 배출을 도와주는 옷, 경량성을 자랑하는 스틱 그리고 트레일 러닝용 조끼 등을 갖춘다고 해서 퍼포먼스가 절로 이뤄지는 것은 아니다. 심적 위안에 불과할 수도 있다. 물론 이러한 장비들이 선수의 건강과 안전에 도움을 주는 것은 사실이다. 하지만 지나치게 그것들에 의존해서는 안 된다. 기능적이지 못한 몸에 아무리 기능적인 기어를 착장한다 해봐야 기능적인 퍼포먼스가 나올 리 만무하다.

"한 사람의 옷은 복제할 수 없는 그 몸의 형태와 아름다움을 입는다. 시간과 사용의 끊임없는 압력 속에서 땀과 햇빛, 빨래 때문에 결과 색이 함께 달라진다."《천천히, 스미는》에 제임스 에이지의 글이다. 그렇다. 저절로 이루어지는 것은 없다. 강한 햇빛에 땀으로 젖어도 보고 비바람을 견뎌도 보면서 사람 고유의 형태와 체취가 입혀지는 순간 장비도 제 기능의 이백 퍼센트를 발휘하게 된다. 즉 몸에서 흘린 땀과 익숙함을 통해 장비는 더욱 내 몸과 일체화가 된다.

그래서 마라톤이나 트레일 러닝 대회에 출전하는 선수들은 대회 때 새 장비를 가지고 가지 않는다. 길들이는 시간이 필요하다는 것을 잘 알고 있기 때문이다. 러닝화의 경우 발 형태에 맞게 길들이는 시간을 충분히 가진다. 그래야 부상을 예방하고 즐겁게 대회에 임할 수 있는 컨디션이 나온다. 트레일 러닝 조끼나 배낭 역시 훈련할 때 여러 번 입어보고 몸과 들뜨는 부분은 없는지 여러 차례 조절을 한다. 그러다 보면 조끼를 입은 사실조차 인지할 수 없을 정도로 몸에 착 붙는 최상의 착용감을 느낄 수 있다. 심지어 양말도 새 양말은 지양한다. 연습할 때 신어보고 몸에 익힌 후에 착용한다.

'선 장비 후 실력'이라는 말이 있다. 나는 이 말을 철석같이 믿었다. 장비를 갖추고 나면 실력은 따라오겠지라고 생각했다. 스쿼시를 배우고 싶어 YMCA에 등록을 한 적이 있다. 라켓을 제외하고 머리띠, 스커트, 운동화, 손목 아대까지 풀 장착을 하고 레슨을 받으러 갔다. 그때 강사의 첫 마디가 지금도 생생하다. "상비군 선수세요?" 완벽한 세팅에 상비군 선수냐는 말을 들었을 때 우쭐했다. 그러나 그냥 얻어지는 것은 없었다. 몇 차례 레슨을 받으면서 구기종목에 재능이 1도 없다는 사실을 깨달았다. 그리고 그 옷들은 몇 년이 지난 지금도 옷장에서 빛도 못 보고 있다.

물론 좋은 장비는 심적 만족과 함께 조금 더 기분 좋게, 조금 덜 힘들게 운동할 수 있게 해준다. 하지만 결국 꾸준한 훈련으로 내 몸에 익을 때 비로소 제 기능을 발휘한다. 장비와 내가 물아일체가 되어 한 몸으로 움직여지는 순간 장비빨을 제대로 받을 수 있다. 기본에 충실하자. 그런데 기본에 충실하자고 다짐하는 이 순간에도 유니크한 모자와 러닝용 양말에 눈길이 가는 건 왜일까. 결론은 사람이니까 그럴 수도 있지 뭐.

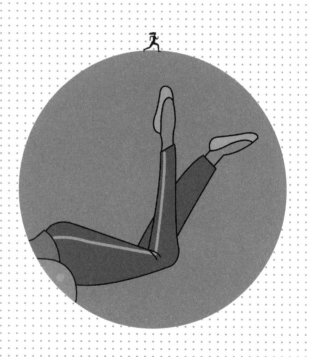

# 근육통은 성장통이야

발끝과 손을 충분히 물에 적신다. 뇌와 심장에 나 들어간다고 신호를 보낸다. 얼음 동동 띄워진 욕조 앞에 서니 냉기가 그냥 느껴진다. 망설이면 들어가기 더 힘들기에 에라 모르겠다, 그대로 입수한다. 으으으 머리카락 한 올 한 올이 쭈뼛 서고 온몸에 닭살이 돋는다. 참아야 하느니, 그래야 빨리 회복할 수 있다는 믿음을 가지고 조금 더 버텨본다.

관절과 근육에 오른 열을 내려주고 그 부위의 염증을 예방하는데 아이싱이 좋다는 사실은 누구나 알고 있다. 아이스팩으로 하는 것보다 얼음 욕조에 풍덩 들어가는 게 효과가 확실하기에 나는 풀코스나 장거리 트레일 러닝 후 빠른 회복을 도와주는 방법으로 일명 급속냉각을 선택한다. 단 5분을 넘기진 않는다. 사실 넘길 수도 없다.

매번 훈련이 끝난 후 코치들이 아이싱 꼭 해줘야 한다며 당부한다. 초기엔 아이싱의 필요성을 잘 몰라서 찬물로 대충 몇 번 쓱쓱 뿌려주는 걸로 끝냈다. 그러다가 무릎이나 발목에서 열감이 계속 느껴지고 아파왔다. 그때 아이스팩을 대고 진정시켜주니 다음날 거짓말처럼 통증이 사라졌다. 역시 경험이 중요하다. 직접 느껴보는 게 최고의 방법이다. 그 후부터 러닝 후 아이싱은 필수 코스가 됐다.

첫 10킬로미터 달리고 난 다음날, 걸어 다니기가 힘들 정도의 통증이 밀려왔다. 거의 기어 다녔다. 무릎, 허벅지, 골반 할 것 없이 안 아픈 곳을 찾는 게 더 빠를 정도로 삭신이 쑤셨다. 어머니는 왜 사서 고생을 하냐며 폭풍 잔소리를 하셨다. 그러게 나 왜 뛰고 있지? 그럼에도 꾸준히 즐기며 연습을 하다보니 10킬로미터 정도는 달려도 몸에 전혀 무리가 되지 않는 시점이 왔다. 내가 조금 더 강해졌음을 느낀다.

그리고 6개월 후에 마라톤 하프에 도전했다. 이 느낌은 뭐지? 발바닥도 너무 아프고 뛰기 싫을 정도로 다리가 무거워졌다. 겨우겨우 피니시를 하고 바닥에 주저앉았다. 골반 아래가 내 몸이 아닌 것 같은 이 어기적거림. 걸어 다니는 게 신기할 정도로 통증이 밀려왔다. 하지만 이내 몸이 그 거리에 적응이 됐다. 20킬로미터 정도는 달려본 경험이 있다고 그래도 거뜬하다.

42.195킬로미터 첫 풀코스를 뛰고 나서는 몸이 산산조각 나는 느낌이 들었다. 하지만 역시나 이제는 장거리 후의 통증은 처음의 그것에 비해 반으로 줄었고 회복은 두 배로 빨라졌다. 인체의 신비란. 우리 몸은 생각 이상으로 강하고 신기한 회복력을 지녔다. 근육은 강한 자극을 받으면 이를 견뎌내기 위해서 저항하게 된다. 이 과정에서 근섬유에 상처가 생기게 된다. 근육은 이렇게 생긴 상처를 치료하기 위해서 특유의 재생력을 발휘한다. 이 복구의 과정에서 통증이 발생하는데, 이것이 바로 근육통이다. 일종의 성장통이다. 이렇게 매번 성장하고 있다.

지금의 키가 초등학교 6학년 때의 키다. 다들 "아유, 키가 이렇게 커. 나중에 커서 미스코리아 되겠네"라며 한 마디씩 했던 그 시절. 그때 외모에 대한 최고의 칭찬이 '미스코리아'라는 사실이 좀 부끄럽지만 암튼 그런 말을 좀 들으며 자랐다. 그런데 웬걸. 그 키가 초등학교 이후로 자라지 않았다. 성장이 멈춘 것이다. 그때의 키가 지금까지 그대로 이어졌다. 그래서 지금은 아담하다. 실제의 모습을 보고 다들 한 마디씩 한다. "생각보다 작네요. 사진이나 화면으론 엄청 크게 보여서 170은 되는 줄 알았어요"라고 말이다. 그러게 조금만 더 컸어도 좋았을 텐데. 크다 말았다. 어쨌든 보여지기 위한 키는 성장이 멈춘 지 오래지만 내 몸과 마음의 근육은 달리기를 통해 계속해서 성장하고 있다. 그래 이제와 성장, 가능성이라는 말을 사용할 수 있는 것만으로도 감사한 일 아닌가. 내 가능성이 어디까지인지 한번 끝까지 가보자!

# 함께 더 멀리가기

~~~~~~~~~~~~~~~~~~~~

Running is running with.

<div align="right">

-오세진

</div>

혼자서 달리기에 적응하며 시행착오를 겪던 어느 날, SNS를 통해 메시지 한 통이 들어왔다. 그녀는 내가 평소에 동경하던 러너다. 일반인임에도 불구하고 열심히 훈련하고 노력해서 입상도 여러 번 하고 활발히 활동하고 있던 러너에게서 함께 운동해보지 않겠느냐는 메시지를 받은 것이다. Why not! 안 할 이유가 없었다. 함께 하고 싶다고 긍정적인 답변을 보냈는데 이런 훈련 장소가 연세대학교 트랙이란다.

우리집에서 연세대라……, 교통이 원활할 때도 1시간 반은 잡고 움직여야 하는 거리다. 순간 망설여졌다. 그래도 나약한 의지를 이끌어줄 동료가 필요했고 달알못인 나를 스스로 깨고 싶었기에 합류를 결심했다.

하지만 역시 가는 길은 험난했다. 교통편이 좋지 않은 곳에 사는지라 대중교통을 이용하면 시간도 더 걸리고 동선도 엄청 복잡해진다. 그래서 운전을 해서 갈 수밖에 없었다. 처음 훈련에 합류하기로 한 날, 저녁 7시 반까지 연세대 대운동장에서 집결하기로 했다. 서둘러 출발을 하긴 했는데 내비게이션의 도착 시간은 속절없이 점점 늘어난다. 뭔 놈의 차가 그리도 많은지 고속도로에 갇혀 결국엔 시간을 넘기고 길바닥에 놓여 있었다. 길이 너무 막혀서 갈 수가 없다는 아쉬움 가득한 연락을 취하고 결국 차를 다시 돌릴 수밖에 없었다. 그렇게 첫 훈련에 불참했고 경기도민이라 슬펐던 날이다.

그 후부터 막히는 시간을 피하기 위해 훈련 네 시간 전에 출발했다. 러시아워를 피하니 그래도 갈 만했다. 그렇게 신촌 근처에서 작업을 하거나 다른 일을 보면서 훈련 시간을 기다렸다. 왕복 네 시간 이동과 한 시간의 훈련이 효율적 시간 쓰임은 아니지만 좋아하는 게 생기면 더 잘하고 싶고 더 알고 싶은 마음이 들기에 무조건 고를 외쳤다. 어렵게 어렵게 합류한 첫날 "안녕하세요, 오세진입니다"라는 간단한 인사를 하고 바로 훈련에 돌입했다. 정말 한 시간 내내 달리기만 했다. 웃음기 하나 없이 다들 진지하게 트랙을 돈다. 나는 누구, 여긴 어디? 물론 나는 중간 중간 트랙에 멈춰 서서 거친 숨을 몰아쉬고 팀원들 눈을 피해 화장실에 가서 한참을 쉬다 나오긴 했지만 말이다.

쉼 없는 트랙 뺑뺑이를 끝내고 훈련 종료 후 바로 해산이다. 정말 좋았다. 순수하게 운동을 위한 모임이라는 강한 느낌이 빡 든다. 모임에 대한 그 어떤 강요도 뒤풀이도 없는 깔끔함이 마음에 들었다. 그렇게 따로 인 듯 또 같이 훈련을 시작하며 달리기를 조금 더 알아가게 됐다. 그러면서 다양한 정보를 접하게 되고 조금씩 달리기의 참맛을 알게 됐다. 늘 혼자였던 대회장에 함께하는 동료들이 생기게 됐고 응원을 받게 됐다. 즐거움이 배가 됐다. 같이 하면 가치가 배가 된다는 말이 딱 들어맞았다.

그렇게 팀 훈련을 통해 달리기를 이어갈 수 있는 기본을 마련했다. 그러다가 뉴발란스에서 운영하는 아마추어 소속팀 개념의 NBx 멤버를 선발하는 대회에 참여하게 됐다. 1년간 전문적인 코치진의 훈련을 받으며 러닝을 통한 다양한 경험과 배움을 할 수 있는 기회였다. 선발전의 기록과 스포츠맨십 그리고 자체 기준으로 멤버가 결정됐는데 운 좋게 선발되었다. 1년 동안 NBx 팀 활동을 하며 달리기의 매력에 더 빠지게 됐다. 매달 주어지는 미션을 수행하고 대회에 동반 출전해서 경기력을 향상시키고 한여름 짜디짠 땀맛을 느끼며 우리는 그렇게 달렸다. 40여 명의 팀원과 함께 흘린 땀방울만큼이나 끈끈해졌다. 뉴발란스를 통해 도쿄마라톤 출전의 기회를 얻게 됐고 첫 해외 마라톤을 즐기고 올 수도 있었다. 지금도 대회장에서 마주치는 멤버들을 보면 그렇게 반가울 수가 없다.

함께했기에 완주가 가능했던 것으로 사막레이스를 빼놓을 수 없다. 누군가가 그랬다. 레이스가 시작되면 각자도 생이라고. 다른 사람 챙기고 돌아볼 여유도 없다고. 하지만 함께한 사막의 아들 유지성 대장은 모진 모래바람을 전방에서 몸으로 막아주었다. 체력소모가 컸을 텐데도 든든하게 앞을 지켜주고 팀원들이 지쳐 있을 땐 탁월한 유머감각으로 분위기를 환기시켰다. 76킬로미터를 가야 하는 롱데이 때에는 새벽 두 시까지 하염없이 레이스를 진행하는데 어둠 가득한 길의 맨 뒤에서 팀원들의 발밑을 환히 비춰주며 완급을 조절해줬다. 물집이 터져 고름이 새어나와 한 걸음 딛기가 힘들 때도 잘하고 있다고 격려를 아끼지 않으며 힘을 실어줬다. 그간의 오랜 경험으로부터 묻어나오는 리더십과 여유는 그야말로 리스펙이었다. 사막의 아들은 역시 달랐다.

스마일 러너라는 애칭이 있는 윤영 언니 역시 흔들림이 없었다. 그간 러닝을 얼마나 사랑하고 즐겼는지 그 내공이 보이는 듯했다. 언제나 밝은 미소로 주변을 밝게 비춰준 언니는 레이스 후반으로 갈수록 몸이 풀린다고 허당미 뿜뿜하며 뛰어다녔다. 통증으로 자꾸 내가 뒤로 처지게 됐는데 그때마다 멈춰 뒤돌아보며 거리가 너무 멀어지지 않게 조절해줬다. 그뿐만 아니라 체크포인트에 도착하기 무섭게 언니 몸이 아닌 나를 챙겨주기에 바빴다. 수시로 동생 입에 파운드케이크를 넣어주며 힘을 준 그녀, 정말 고마웠다.

아마 혼자였다면 250킬로미터 완주는 힘들었을 것이다. 같이의 가치를 경험하고 귀한 사람을 얻은 값진 레이스였다. 다음엔 물집 따위 없이 더 즐겁게 함께하고 싶다. 그렇게 우리는 고비 삼남매라는 팀명이 생겼고 다음 레이스를 준비하고 있다. 다음 여정이 벌써부터 기대된다.

로마인의 언어에서 '살다'와 '사람들 사이에 존재하다(inter homines esse)'는 동의어였고 또 '죽다'와 '사람들 사이에 더 이상 존재하지 않는다(inter homines esse desinere)'는 동의어였다. 즉 홀로 생존할 것인가 더불어 존재할 것인가에 대한 답은 이미 나와 있다. 가끔은 혼자 달리거나 산을 찾기도 하지만 마음이 맞는 이들과 같은 관심사에 대해 이야기 나누고 그 느낌을 공유하며 더불어서 함께 달리기에 더 행복하다. 그래서 나에게 달리기는 혼자가 아닌 함께 달리는 것을 의미한다.

# 당신의 연골은 괜찮습니까?

～～～～～

내 그대에게 말하노니, 일어서서 걸으라.

그대의 뼈는 결코 부러지지 않았으니.

— 잉게보르크 바흐만(Ingeborg Bachmamn)

　제발 무릎 핑계 대지 마! 내가 달리는 모습이 행복해 보인다며 달리기를 함께 하겠다던 친구가 1년째 감감 무소식이다. 어쩌다 다른 일로 통화를 하면 먼저 나서서 달리기를 하고 싶은데 무릎이 아프고, 발톱이 내향성으로 파고들어서 발가락도 아프다고 철벽방어를 친다. 그 모습이 정말 귀엽다. 억지로 권하고 싶은 마음은 없지만 그래도 한

번만 함께 해보면 마음이 달라질 수도 있는데……, 그 한 번이 쉽게 허락되지 않는다.

물론 연골이 안 좋아지면 골골대겠지. 그런데 가만히 있어도 노화에 의한 통증이 생기기 마련이다. 오히려 달리기를 하다보면 허벅지 근육이 단련되고 무릎 주변의 조직이 강화되면서 무릎을 잘 보조해주기에 건강 유지에 도움을 주게 된다. 그대의 뼈는 결코 부러지지 않았으니 일어나 걸으라던 잉게보르크 바흐만의 말이 한편으로 이렇게도 다가오다니, 자신이 관심을 가지고 있는 분야에 따라 이렇게 여러 가지 의미로 해석되는구나.

사실 좋은 운동과 나쁜 운동은 없다. 이 역시 그 운동을 대하는 내 마음과 태도만 있을 뿐이다. 어떤 것이든 생활패턴과 성향에 맞는 운동을 좋은 마음으로 대한다면 기대 이상의 긍정적 효과가 나타날 수 있다고 믿는다. 나는 운동의 대중화보다 대중의 운동화가 우선되길 바란다. 지금의 당신은 어떤 방법으로 자신의 몸을 아끼고 있는지도 묻고 싶다. 안 쓰고 안 움직이는 것을 아낀다고 잘못 알고 있는 사람은 없겠지? 내가 그런 사람이었다. 그래서 너무 잘 안다. 몸을 덜 쓰고 안 움직여야 안 아프다며 격하게 나를 아끼던 때가 있었다. 그런데 오히려 그때, 나는 통증을 달고 살았다. 목은 깁스를 한 것마냥 뻣뻣했고 어깨는 오십견이 온 듯잘 올라가지도 않았다. 허리를 숙이는 일상의 동작도 아플까봐 조심스러워서 하지 않았다.

교통사고로 골골대며 움직이는 것조차 조심스러워 모든 동작을 최소화했던 나에게 운동을 지도했던 선생님이 한마디 했다. 그리고 그 말이 내 삶을 바꿔놓았다. 그는 나에게 움직이지 않고 몸을 쓰지 않아서 아픈 거라고 했다. 숲길에 인적이 드물어지면 길이 사라지는 것처럼 사람의 몸도사용하지 않다보니 제 기능을 상실하고 잃어버리게 된다는말이었다. 건강하고 기능적인 움직임을 통해 잃어버린 기능을 되찾으면 호흡도 일상 속 활동도 한결 편해질 수 있다고했다.

그를 믿기로 했다. 온전히 믿고 그의 말에 따라 몸을움직이고 바로잡기 시작했다. 뒤틀리고 약해졌던 몸을 바로

잡는 것에는 고통이 따랐다. 하지만 온전하고 불편함 없는 기능적인 몸을 만들 수 있다는 생각으로 노력했다. 마음처럼 움직여지지 않는 몸 때문에 속상해서 운 적도 있다. 안 되는 걸 왜 자꾸 하라고 강요하냐며 화를 내기도 했다. 지금에 와서는 정말 그에게 감사하다는 말을 전하고 싶다. 포기하지 않고 끝까지 지도해준 그의 끈기와 마음에 말이다.

몸을 움직이다보니 더 몸의 소리에 즉각 반응하게 되고 몸을 더 잘 쓸 수 있게 됐다. 그러면서 기능적 움직임을 깨워주는 데 도움이 되는 GFM과 Flexible Steel 자격과정도 이수해 자격증을 받게 됐다. 물론 그렇다고 해서 늘 백퍼센트의 컨디션을 유지하는 것은 아니다. 과한 훈련이나 장거리 대회 후에는 인대와 근육에 통증이 생긴다. 그때 무리해서 나아가기보다 한 템포 쉬며 회복을 기다리는 것도 또 하나의 훈련이다. 뭐가 됐든 지금의 나는 실천한다. 그리고 달린다.

# 울트라러너가 되고 싶습니다

~~~~~~~~~

달림이 1년차 때 목표가 뭐냐는 질문을 받았다. 호기롭게 말했다. "울트라러너가 되고 싶습니다!" 사실 그때 울트라러너의 정확한 의미를 몰랐다. 그저 자기 한계를 극복해내고 피니시에서 더할 나위 없는 웃음을 짓는 이미지가 그려졌을 뿐이다. 그때는 풀코스도 달려보기 이전인데 왜 그런 말을 했는지 나조차 아리송하다. 울트라러너는 풀코스 42.195킬로미터 이상부터 500킬로미터 넘는 초장거리 레이스를 포함해 경기에 임하는 선수들을 의미한다. 국제육상연맹에서는 울트라마라톤의 기본을 100킬로미터로 공인하고 있다. 무식(無識)했기에 용감했다. 그 의미를 파악하고 나니 괜한 말을 했나 싶기도 했지만 나는 결코 나약하지 않으니 해보기로 마음먹었다.

울트라러너가 되기 위한 첫 도전으로 '코리아50k' 대회의 50킬로미터 코스에 출전했다. 당시 10시간 2분 동안 달리고 걸으며 쉼 없이 경기에 임했다. 그걸 왜 돈 주고 해? 50킬로미터를 하루에 달린다고? 달림이가 아닌 지인들은 한결같이 떡 벌어진 입과 놀란 토끼 눈을 하고선 되묻는다.

"아니 그걸 도대체 왜 하는 거야?"

"살아 있으니까, 건강한 두 다리가 있으니까, 너무 하고 싶으니까."

말하고 나니 좀 오글거리긴 하지만 사실이다. 나는 안주하는 삶보다 매 순간 달라지는 삶을 선택했다. 익숙함이 주는 편안함보다 생경함이 주는 생동감 있는 오늘을 살고 싶다. 그게 이유다. 정말 좋은데 참 설명할 방법이 없어 답답하다.

"나는 행복하기 때문에 달리고, 달리기 때문에 행복하다. 이 과정을 통해 가장 순수한 나를 만난다. 달리기를 통해 사람들은 자신이 누구인지 깨닫게 된다." 마라토너 이언 톰슨의 말처럼 나는 장거리 레이스를 하면서 행복감을 자주 느낀다. 자연을 달리는 내 몸이 자랑스럽다. 그리고 달리기라면 질색하던 내가 그 순간을 즐기는 모습이 재미있다. 물론 쓰고 달고 짜고 힘든 순간도 온다. 살면서 경험할 수 있는 희로애락의 모든 감정을 맛볼 수도 있다. 그 길 위에서 갑자기 더 나아갈 수 없는 처지에 놓일 수도 있고 부상을 당할 수도 있다. 장거리 경기는 내가 어떤 상태에 놓이게 될지 예측 불가다. 그래서 더 도전하고 싶고 할 수 있는 한 최선을 다하고 싶어진다. 짜인 각본, 뻔히 보이는 결말이 아니기에 매 순간, 한 걸음에 더 마음을 담는다.

타인에게 '너는 거기까지야'라고 규정당하고 스스로에게도 '그게 가능할까'라고 외면당해 발현되지 못했던 가능성들이 벽을 깨고 나오는 기분이다. 결국, 한계란 스스로 지운 굴레에 불과하다는 것을 달리기를 통해 매번 느낀다.

중학교 이후로 뛰어본 기억이 전무한 사람.

버스를 놓칠까봐 뜀박질했던 게 전부였던 사람.

세상에서 가장 지루한 운동이 달리기라고 생각했던

사람.

그리고 스스로 '나는 잘 뛸 수 없는 사람'이라고 생각했던 사람.

그게 나다.

200미터 달리기도 힘들어했는데 10킬로미터를 달리게 됐다. 10킬로미터 이상은 절대 뛸 일 없을 거라 생각했지만 다리와 몸을 동력삼아 움직이는 것의 가치를 알고 나서 하프, 풀코스를 이어 뛰게 됐다. 첫 마라톤, 첫 풀코스의 느낌은 수시로 행복으로 재생된다. 잔잔한 일상에 활력을 불어넣어주는 인생운동을 만난 것이다. 그리고 50킬로미터 장거리 트레일을 부상 없이 완주했다. 산을 타고 능선을 따라 뛰고 어마무시한 다운힐을 달리는 코스다. 왕방산 자락을 오르락내리락 달리는 것은 체력은 물론 정신력을 필요로 했다. 심장은 요동치고 폐는 허덕이고 허벅지는 불타오르고. 그런데 말이다, 헉헉대며 오르막을 오를 때, 더워 죽을 것 같을 그 타이밍에 심폐소생이라도 하듯 기가 막히게 시원한 바람이 불어온다. 시원한 바람 덕분에 다시 나아갈 힘이 충전된다. 체크포인트에서 먹은 오렌지 한 조각에 기분이 좋아지고 얼음 동동 아이스커피 한 잔에 피로가 싹 사라진다.

　오세진 파이팅! 소리에 없던 힘도 낼 수 있었다. 덕분에 내 목표였던 '웃으며 피니시 통과하기'까지 목표달성에 성공했다. 그저 그 길 위를 달리고 있는 것만으로도 벅차오르고 정말 감사했던 그날을 잊을 수가 없다. "몸이 그댈 거부하면 몸을 초과하라"라는 영화 〈와일드〉의 대사를 떠올리며 나름 비장하게 대회를 준비했고 울트라러너의 시작을 알렸다. 그리고 그 도전은 250킬로미터 사막레이스로 이어졌고 올해 1월엔 103킬로미터 누적고도 5300미터인 홍콩 100 대회를 완주했다. 코로나 팬데믹이 진정된다면 9월엔 아타카마사막 레이스에 참여할 예정이다. 인생도 울트라 레이스와 닮아 있다. 긴 호흡으로 매 순간의 고통과 직면하고 극복하며 그럼에도 나아가는 힘을 나는 달리기를 통해 배우고 있다.

# 의도적 빈곤상태가 행복한 이유

손이 떨린다. 심장도 떨린다. 은행창구 앞에 서서 마른 침을 삼킨다. 제대로 가겠지? 미심쩍은 마음이 든다. 투자라고는 적금 넣는 거밖에는 해본 적이 없다. 어릴 때부터 너는 아빠처럼 살지 말라며 경제신문을 읽어야 한다는 아버지의 말을 귀에 못이 박히게 들었건만, 경제신문은 나에게 결코 부를 가져다주지 않았다. 주식을 어설프게 시작했다가 반의 반 토막이 났다. 이러다 가루가 될 지경이다. 아직도 5년 전에 산 주식이 휴지조각이 되어 빼지도 못하고 있는 상태니 말 다했다. 공격적 투자는 꿈도 못 꾸는 새 심장을 지닌 나는, 그냥 열심히 일해서 번 돈 착실히 적금 부어 만기 때 타는 소소한 행복을 맛보는 것이 좋은 소시민이다.

최근까지 신용카드도 없이 체크카드를 사용하며 있으면 있는 대로 없으면 없는 대로 살아왔다. 신용카드를 쓰지 않음은 기분파에 경제신문을 열심히 읽지 않은 내 경제관념을 스스로 믿지 못함이다. 고비사막레이스 관련 참가비 입금을 위해 일종의 예약금을 지불해야 하는 날짜가 다가왔다. 외국 은행으로 송금을 해야 했기에 은행으로 향했다. 38년 만의 첫 해외 송금을 경험하는 역사적인 날. 은행직원은 카드결제가 수수료가 덜 든다며 권해왔지만 카드가 없는 나는 선택의 여지가 없었다. 하나하나 영문으로 적고 코드를 입력했다. 잠시 후 송금 완료가 됐고 통장에선 제법 많은 돈이 빠져나갔다. 제대로 간 거 맞겠지?

세상에서 가장 돈 안 드는 운동이 달리기인 줄 알았는데 큰 오산이었다. 하긴 숨만 쉬어도 돈은 나가게 마련인데 이왕 쓸 거면 폼 나게 진짜 내가 원하는 일에 한번 써보자! 그때부터 강연료가 입금되거나 저작권료가 들어올 때면 나를 위한 선물을 하나씩 해주고 있다. 그래야 일하는 데 있어서 동기부여도 된다. 소소하다. 스포츠 양말 하나, 머리띠 하나 어쩌다 큰마음 먹고 모자 하나. 대회비에 장비에 사 모으다보니 옷장은 어느새 운동복으로 가득하고 신발장의 구두는 운동화에 자리를 뺏긴 지 오래다. 운동화는 소모품이기에 300킬로미터 정도를 달려 준 후에는 미련 없이 버려야 한다. 내 발 건강과 직결되기 때문이다. 이렇게 저렇게 돈이 들다보니 어느새 내 통장은 텅장이 되어 있었다.

조지 쉬언은 그의 책 《달리기와 존재하기》에 러너는 차츰 욕망과 사물에 대한 애착에서 벗어난다고 말했다. 달리면 달릴수록 삶을 유지시켜주는 것들에 대해 생각하게 되는데 그것은 바로 공기와 물과 달릴 수 있는 대지라고 한다. 이 세 가지가 자신에게 중요할 뿐이라는 걸 깨닫게 된다는 그의 말에 고개가 절로 숙여진다. 나 역시 물질적인 욕망 자체가 사라졌다. 그저 미세먼지 없는 맑은 날씨면 감사하고 불어오는 바람에 감사하다. 이러다 '나는 자연인이다' 찍으러 산으로 들어가겠다는 핀잔을 듣기도 하지만 마음을 비우고 나니 몸도 참 가벼워진다.

'팔자 좋다' '살 만한가봐'라며 도끼눈을 뜨고 바라보는 사람들도 있지만 나는 그저 경제적 풍요와 안정을 내 경험과 행복으로 채우려고 한다. 사람마다 삶의 방식과 가치를 두는 지점이 다르니 남의 인생에 너무 관여 마시길! 그런데 그렇게 자리를 비우는 일이 잦아지다보니 연락이 닿지 않게 되고 강연 일정 역시 제대로 맞추기 힘들어져 노는 날이 많아졌다. 잉여인간으로 시간이 많아졌지만 안 먹고 안 쓰고 안 나가는 집순이 생활도 부모님 눈치가 보이긴 해도 할 만하다. 어머니가 "점심 먹을 돈은 있니?"라며 삼십대 후반에 접어든 딸 밥걱정을 하신다. 이 나이에 그런 걱정을 하시게 하다니 불효도 이런 불효가 없다. 딱히 할 일이 없어도 그런 어머니가 또 걱정을 하실까 노트북을 챙겨서 밖으로 나온다.

열심히 살아왔다. 나는 이 시간을 의도적 빈곤상태라고 표현한다. 지금까지 쉼 없이 스스로를 다그치며 지나온 시간들에 대한 보상이자, 잠시 나에게 주는 휴식이자 내려놓음이다. 먹고사는 문제 때문에 마냥 이런 시간을 가질 수는 없지만, 지금 이 순간만큼은 제대로 즐겨봐야겠다. 존 제

롬의 "운동화 한 켤레 후다닥 신고 문 밖으로 달려 나가면, 당신이 있는 곳이 바로 여기, 자유"라는 말처럼 경제적 자유와 맞바꾼 영혼의 자유를 위해 다시 운동화를 꺼내 신고 나가본다. 오늘은 호수공원이나 시원하게 달려야겠다.

# 나른한 육체와 잠든 영혼을 계몽하는 시간

~~~~~~~~~~~~~~~~~~~~~~~~~~

만약 바쁘다는 이유만으로 달리는 연습을 중지한다면 틀림없이 평생 동안 달릴 수 없게 될 것이다. 계속 달려야 하는 이유는 아주 조금밖에 없지만 달리는 것을 그만둘 이유는 대형 트럭 가득히 있다. 우리가 할 일은 '아주 적은 이유'를 하나하나 소중하게 단련하는 것뿐이다.

– 무라카미 하루키, 《달리기를 말할 때 내가 하고 싶은 이야기》 중에서

알람이 울린다. 예전엔 즉각 반응하며 벌떡 일어났는데 교통사고 후 여기저기 아프기 시작하면서부터는 그런 반응을 보이기 쉽지 않다. 벌떡 일어나다가는 뒷목을 부여잡

는 상황이 발생하기 때문이다. 최대한 천천히 옆으로 돌아 누워 '나 지금 일어날 거야'라는 신호를 뇌에 충분히 전달한 후 서서히 몸을 일으켜야 한다. 그러다 보니 사고 후에는 알람이 울려도 돌돌 말린 이불에 몸을 말아 넣고 한참을 뒹굴거린다. '뭐 그리 급할 게 있어? 천천히 해도 괜찮아'라며 아프다는 핑계로 게으름을 정당화한다.

그야말로 침대지몽이다. 침대가 나인지 내가 침대인지 한번 누우면 떨어질 수가 없다. 물에 젖은 솜처럼 무거워진 몸을 당최 일으키기가 쉽지 않다. 일어나야 하는데 일어나야 하는데 하다가 다시 잠이 든다. 몸이 계속 나른함에 취해 있으니 영혼도 덩달아 점점 나태해진다. 엄마의 잔소리에 겨우 몸을 일으켜 허물 벗은 뱀마냥 이불 속에서 쏙 빠져나온다. 또다시 등짝 스매싱이 가해진다. 겉보기엔 멀쩡한 딸래미가 하루 종일 누워 시간만 죽이고 있는 모습이 답답도 하시겠지, 라고 이해하면서도 통증과 대면하고 있는 혼자만의 시간들이 그저 서럽기만 하다.

완전한 아침형 인간이 바로 나였다. 새벽 다섯 시면 눈이 떠진다. 스트레칭과 운동으로 하루를 상쾌하게 여는 사람이 바로 나였다. 새벽 공기를 느끼며 좋아하는 책을 읽고 글을 쓰거나 조찬 강연회에서 열강을 하던 사람이 바로 나였다. 그러나 과거의 모습일 뿐이다. 그때의 생동감 넘치고 에너지 가득했던 내 모습이 그리워졌다. 그리워하기만 하면 답이 없다. "과거를 애절하게 들여다보지 마라. 다시 오지 않는다. 현재를 현명하게 개선하라. 희미하게 다가오는 미래를 두려움 없이 맞이하라." 시인 헨리 워즈워스 롱펠로의 말이 뇌리를 스친다.

'그래 되돌릴 방법은 있어. 행동하자. 몸부터 깨워내야 해'라며 조금씩 이 상황에서 할 수 있는 것들을 찾아 움직여보자 다짐한다. 예전보다 몇 배의 노력을 기울여야 하겠지만 나른한 몸과 나태한 영혼을 깨우는 일엔 운동만큼 좋은 건 없기에 몸을 일으켜본다. 쉼에 익숙해진 터라 운동모드로 들어가는 것이 쉽진 않았다. 운동을 해야 하는 이유가 한 가지라면 하지 말아야 할 이유는 수백 가지다. 상황에 따라 아파서, 힘들어서, 시간에 쫓겨서, 배가 고파서 기운이 없네, 배가 너무 불러서 힘드네, 애정전선의 문제로 우울해서,

기분이 안 좋아서, 혹은 날씨가 너무 좋아서, 때로는 비가 와서, 졸려서, 길이 막혀서, 약속이 있어서, 하루 남았으니 까…… 등등.

수백 가지를 상쇄하는 단 하나의 주문은 JUST GO! 그 냥 하는 것이다. 이것이 내 기분을 움직이고 결심을 바로잡는 간단한 방법이었다. 건강해지고 싶은가? 삶을 변화시키고 싶은가? 지금과 다른 자신을 원한다면 이제는 행동할 차례다. 몸을 관리해야 하는 이유에 대해 충분히 공감하고 필요성을 소중히 간직하는 것, 그것이 최고의 방법이다. 시작하지 않으면 출발선에 서 있는 사람이나, 생각은 있지만 한발 뒤에 있는 사람이나, 아무 생각 없는 사람이나 다 똑같은 것이다. 나른한 육체와 잠든 영혼을 계몽하는 일은 건강한 몸, 아름다운 몸, 존중받는 몸으로 내가 나답게 내 삶의 주인으로 빛날 수 있는 첫 번째 발걸음이다.

윌리엄 제임스(William James)의 "행동이 반드시 행복을 가져다주지는 않을지라도 행동 없는 행복이란 없다"라는 말처럼, 달리기 역시 센터가 되었든 공원이 되었든 나가는 것에서 시작해야 한다. 가기까지가 힘들고 귀찮은 거지 막상 도착하면 누구보다도 열심히 운동하는 사람을 많이 봐왔다. 하고 나서 개운함에 기분까지 좋아진다. 기운이 없어서 운동을 하면 더 피곤할 것 같지만 오히려 몸에 힘이 붙고 영혼이 단단해진다. 모든 과정은 '엉망인 상태'에서 '엉망이지 않은 상태'로 가는 과정에 불과하다고 했다. 처음의 과정이 엉망이고 작은 한 걸음일지라도 지속적인 실천을 통해 귀한 발자취를 남길 수 있다.

그 첫 걸음을 응원한다. 시작이 두렵거나 막막하다면 함께 하면 된다. 나에게 그 시작을 열어줬던 여러 달림이들처럼 여러분 주변에도 함께 달려줄 인연들이 있을 것이다. 출발선의 설렘을 더불어 느껴보시길……

# 달림절

~~~~~~~~~~~~~~~~~~~~~~~~~~~

그토록 기다린 봄이건만, 봄이 오면서 미세먼지와 황사도 함께 찾아왔다. 오죽하면 겨울에도 삼한사온이 아닌 3일은 추위, 4일은 미세먼지가 기승을 부린다는 '삼한사미'라는 신조어가 생겼을까. 차 문을 여닫을 때마다 차에서 인절미 가루 같은 먼지가 풀풀 날린다. 하룻밤 사이에 쌓인 황사와 먼지로 전날 세차한 것이 무색해진다. 하필 내 차는 왜 검정색이란 말인가. 다음번에 차를 바꾸게 된다면 먼지가 앉아도 표시가 덜 나는 은색으로 하리라 다짐한다.

그뿐만 아니라 모래 알갱이가 입안을 뱅뱅 도는 기분

도 든다. 아니 기분만 드는 거면 좋으련만 실제로 씹히기도 한다. 입안에 바스락거리는 흙먼지 느낌, 다양한 것을 경험 하면 좋다지만 이것만큼은 반댈세! 봄이면 아침에 일어남과 동시에 반쯤 감긴 눈으로 공기 상태를 체크하는 것으로 하 루를 시작한다. 빨간 화면, 방독면을 쓴 이모티콘, '최악' 야 외활동 자제! 미세먼지 농도가 짙음을 알리는 트리오를 아 침부터 만나는 날이면 우울해진다. 김영랑 시인의 시, 〈모란 이 피기까지는〉의 마지막 구절인 "찬란한 슬픔의 봄"이 딱 내 기분을 표현한 말처럼 다가온다. 찬란해야 할 봄이 어쩌 다 흙먼지 가득 찬 슬픔의 봄이 되었단 말인가. 달리고 싶은 데 달릴 수 없는 날들이 많아진다. 매일 공기의 질을 체크하 는 요즘이 서글프다.

미세먼지 농도가 보통 수준의 날이 되면 러너들이 모 여 있는 단체 카톡방이 부산해진다. 오늘이 바로 미세먼지 로부터 벗어난 '달릴절'이라며 너도나도 활짝 웃고 있는 날 씨 어플의 이모티콘을 공유한다. 그리고 서로의 건강한 달 리기를 독려한다. 달릴절은 맑고 깨끗한 공기를 마음껏 흡 입하며 기분 좋게 달리기를 할 만한 날을 의미한다. 그동안 움츠리고 있던 러너의 본능이 꿈틀대는 그런 날이다. 이런 날 원 없이 달리고 나면 그간의 스트레스가 해소된다. 달리면 숨은 차지만 마음에 쉼이 찾아온다. 숨이 찬 덕분에 숨 쉴 공간이 생긴다는 아이러니. 이것이 바로 내가 달리기를 사랑하는 이유인지도 모르겠다.

내가 가장 사랑하는 운동을 오래, 그리고 하고 싶을 때 하기 위해서 매일매일이 달릴절이 되길 바란다. 공기 때문에 외부활동도 못하고 러닝머신에서만 뛰고 싶지는 않다. 그러기 위해 한 사람의 작은 실천이 나비효과가 되길 기대하며 플로깅(plogging)에 동참하려 한다. 플로깅은 조깅을 하면서 쓰레기를 줍는 행동을 말하는데 건강과 환경을 함께 챙긴다는 점에서 의미가 있다. 물론 누군가는 이 행위가 실효성이 있을까를 묻거나 보여주기식의 행동이라고 생각하기도 한다. 하지만 의미 여부와 의도를 논하기 전에 자연에게 받기만 하다가 무언가 해줄 수 있는 게 뭘까를 고민하고 그것을 실행하는 이들에 대한 진정한 이해와 응원이 먼저이길 바란다.

작년 KBS 〈영상앨범 산〉 촬영 차 월악산에 올랐을 때 처음으로 클린 산행을 했다. 생각보다 깨끗한 등산로를 보며 뿌듯했지만 군데군데 캔이나 비닐 조각들이 보여 주워 담았다. 'save the nature'라고 쓰인 봉투를 보며 우리가 'enjoy nature' 자연을 즐기기 이전에 보존하고 보호해야 한다는 당연한 것을 너무나 당연하기에 자각하지 못하고 있었음을 알아차렸다. 애니메이션 〈메리다와 마법의 숲〉에 "누군가가 말하기를 우리의 운명과 땅은 하나다. 마치 우리가 땅과 하나인 것처럼"이라는 말이 나온다. 이 말처럼 우리의 삶도 지구의 운명과 함께하고 있다는 데 이견이 없을 것이다. 당장에 이런 실천들이 유의미해 보이지 않는다 하더라도 한 발 한 발 소중히 내딛어볼 생각이다.

# 러닝 이펙트

~~~~~~~~~~~~~~~~

"왜 달려요?"

"좋으니까요."


달리기를 왜 하느냐는 질문에 '그냥 좋아서요'라고 말한다. 좋음을 드러내지 않으려 해도 내 표정에서, 눈빛에서 고스란히 드러난다. 달릴 때의 내 표정은 세상 그리 밝을 수가 없다. 물론 기록이나 입상과는 거리가 먼 러너라서 그렇기도 하지만 달리기를 대하는 마음에 진지함이 없는 것은 아니다. 애정도 넘쳐난다. 달리기 이야기를 하다보면 목소리 톤이 높아지고 더 많이 이야기해주고 싶은 마음에 말이

빨라진다. 이른바 저세상 텐션이 된다. 나 역시, 한 십 년은 달린 사람 같아 보인다는 지인들의 말에 고개를 끄덕일 만큼 달리기에 대한 열정만큼은 둘째가라면 서러울 지경이다.

달리기 전의 설렘과 달리면서 내가 살아 있음을 느끼는 생동감, 그리고 달린 후의 개운함과 만족감은 나를 계속 나아가게 한다. 이것이 한 번도 달려보지 않은 사람은 있어도 한 번만 달려본 사람이 없는 이유다. '아 이거 참, 좋은데 달리 설명할 길이 없네'라는 광고 카피처럼 이러한 느낌은 설명과 설득이 아닌 몸으로 직접 경험하고 체득하는 것이 최고다. 달리기의 효과 중 과학적으로 입증된 자료들도 물론 넘쳐난다. 명상효과부터 진통효과, 그리고 자신감 향상, 뇌기능 향상, 자기효능감 상승 등등. 이런 것들을 하나하나 논리적으로 설명하고 싶지 않다. 그냥 내가 그 자체로 증명해 보이고 싶다.

내 삼십대 중반은 스트레스와 통증, 그리고 무기력으로 가득 차 있었다. 몸은 제 기능을 잃어 비실댔다. 잠을 자려고 누워 있을 때, 식사를 할 때, 사람들을 만날 때, 일을 할 때 등 그 순간에 온전히 집중할 수 없었다. 사고 충격 때문에 수시로 뻐근해오는 뒷목에 내 모든 신경이 집중됐다. 작은 통증에도 예민해졌고, 몸을 쉬게 해야 한다는 생각에 아무것도 하지 않고 누워 지내는 시간이 길어졌다. 잉여인간이 된 것 같은 느낌에 나의 쓸모에 대해 고민하는 시간이 늘어났다. 그렇게 나는 지금 여기에서 일어나는 행복을 느끼지 못한 채 그저 아픈 곳을 탓하고 이런 상황을 원망하며 하루하루를 보냈다. '난 운동부족이야'라는 생각만으로도 사망률이 높아진다는 기사에 더 우울해지고 WHO에 따르면 신체활동의 부족은 주요 사망 원인으로 손꼽힌다는 말 역시 더 나를 위축시켰다. 삶의 중심이 아픈 곳이 되어버린 순간, 행복을 느끼는 감정 회로마저 기능을 상실해버렸다.

그렇게 집에서는 밥을 축내고, 스스로의 몸과 마음을 축내고, 다시 오지 않을 귀한 시간들을 축내며 살았다. 그러다 앞에서 이야기한 것처럼 운명 같은 달리기를 만났다. 바람의 스침과 풀내음은 내 오감을 깨워내기에 충분했다. 달린 후에 찾아오는 종아리의 뻐근함은 '그래, 너 아직 살아 있고 충분히 더 나아갈 수 있어'라고 내 몸이 건네오는 말처럼 느껴졌다. 이백 미터도 달리기 힘들었던 나였다. 어떻게 사람이 한 번도 멈추지 않고 30분 이상 달릴 수가 있지, 라며 의아해했던 사람이 바로 나였다.

나는 그 당시 쉬지 않고 10분 이상, 아니 5분 이상도 달릴 수 없었기에 그저 달리기는 누구나 쉽게 도전할 수는 있지만 타고난 사람이 하는 운동이라고 생각했었다. 하지만 불과 2년 만에 4시간 이상을 쉬지 않고 달릴 수 있게 됐고 더 먼 곳으로 나아갈 수 있다는 자신감을 갖게 됐다. 그러면서 그 사이 몸이 건강해지고 달리기를 통해 마음도 단단해진 덕분에 스트레스에 대한 저항력도 높아지고 무기력과는 담을 쌓게 되었다. 무엇보다 내가 내 몸을 잘 관리하고 제어하고 있다는 생각에 뿌듯하고 스스로가 대견하다.

내가 느끼는 또 하나의 확실한 변화는 몸이 따뜻해졌다는 것이다. 나는 몸이 찬 편이었다. 손발은 냉증에 시달렸다. 겨울에 악수할 일이라도 생기면 상대방이 내 손을 잡고 놀랄까봐 '제가 손이 좀 차요'라는 멘트를 습관처럼 했다. 심지어 부모님이 쓰시던 돌침대를 내가 차지하기도 했다. 선

선한 바람이 부는 9월부터는 돌침대의 온기 없이 잠을 자기 어려울 정도였다. 옷도 몇 겹씩 껴입어야 했다. 안 그래도 삶의 무게에 짓눌린 무거운 어깨에 켜켜이 쌓아올린 옷 무게까지 더해져서 제대로 몸을 가누기도 힘든 지경이었다. 그런데 유레카! 달리기를 시작한 이후부터 자체 발열기능 스위치가 켜진 건지 겨울에도 그리 춥지 않게 됐다. 돌침대와 작별을 고하기도 했다. 두 개씩 신어야 했던 수면 양말 역시 찬밥, 아니 쉰밥 신세가 돼서 옷장 구석에 처박혀 있다. 요즘도 아버지는 다 큰 딸의 잠자리가 걱정되는지 침대에 불을 올려두신다. 그렇게 괜찮다고 해도 늘 추위를 타던 딸의 모습이 더 익숙한가보다. 하긴 나 스스로도 한겨울에 이불 밖으로 발을 내놓고 자는 내 모습이 세상 낯설기만 하다.

달리기의 효과라……, 스트레스가 줄어들고요 몸도 따뜻해지죠. 운동을 통해 몸에 열이 오르면서 강력한 진통효과도 나타나요. 그뿐만 아니라 체중조절에도 탁월한 효과가 있죠. 거기에 나도 할 수 있다는 자신감은 덤으로 따라와요. 밤을 새워서라도 달리기를 만난 후의 내 삶에 대해 이야기할 수 있다. 과학적으로 입증된 긍정적인 효과와 변화는 검색을 하는 약간의 수고로움만 들이면 누구나 찾아볼 수 있다. 그런 이야기를 하고자 하는 것이 아니다. 머리가 아닌 몸으로 경험해보라고 권하고 싶다. 내가 그랬듯 우연히 만난 한 걸음이 당신을 전혀 다른 세계로 인도해줄지도 모를 노릇이다. 나를 무기력의 늪에서 건져 올리고 생명력을 가지게 해준 달리기를 더 많은 사람들과 함께하고 싶다. 그 전의 내 삶이 무채색이었던 건 어쩌면 내가 색칠을 하려 하지 않았기 때문인지도 모른다.

멈춰 있거나 달리거나, 정체될 것인가 움직일 것인가의 경계에서 제법 오래 멈춰 서 있었다. 어디로 가는지도 모르고 정처 없이 흐르다 흐르다가 나를 잃어버릴 것 같아 두려워 한참을 그렇게 얼음이 된 채로 서 있었다. 그렇게 내 마음은 사고 당시 언저리에 늘 머물러 있었다. 나약한 모습으로 말이다. 그런 모습을 발견하고 대면하고 인정하기까지 참 오랜 시간이 필요했다. 아직도 진행형이지만 그래도 이제는 제법 이런 내 모습을 사랑한다. 이게 다 달리기를 만난 덕분이다. 고통을 삶의 에너지로 승화시키며 내 안에 있는 또 다른 강함을 발견하는 시간이 참 좋다. 온전히 나에게 집중하는 경험이다. 나는 앞으로 어떤 길을 걸어가게 될까 궁금하고 기다려진다. 달리기 효과가 뭐냐고 자꾸 묻지 마라. 왜 하느냐는 질문도 사절이다. 그냥 좋아서 하고 있고 해보면 안다. 러닝 라이프를 통해 우리의 삶을 더 멋지게 채색해보자.

# 4.

>> 달리는 시간 여행자

# 달리는 여행자

~~~~~~~~

　세상에나! 이게 꿈이야 생시야! 매년 3월 초에 열리는 도쿄마라톤에 선수로 선발됐다는 전화를 받았다. 뉴발란스와 아식스가 함께 진행하는 프로젝트에 선발된 것이다. 도쿄마라톤은 보스턴마라톤(4월), 런던마라톤(4월), 베를린마라톤(9월), 시카고마라톤(10월), 뉴욕마라톤(11월)과 함께 세계 6대 마라톤에 포함되어 있다. 신청자가 워낙 많아 11:1 정도 된다고 한다. 내 돈 내고 달리고 싶어도 추첨되지 않으면 뛸 수 없는 대회다. 주변 달림이 중 몇 년째 추첨에서 떨어져 못 가고 있는 이들이 있기에 이번 달리기 여행이 주는 의미가 남달랐다. 1년 동안 체계적인 훈련을 받으며 달리기에 더욱 심취하며 몰입력을 키워가던 그때, 도쿄마라톤 선발 소식은 나를 더 불타오르게 만들었다. 태극기를 가슴에 달고 달리는 거야. 국가대표는 아니지만 이 태극기가 부끄럽지 않게 최선을 다해야지라며 불끈 다짐했다.

말이 나와서 말인데 태극기를 옷에 부착하면 매 순간 허투루 행동할 수 없다. 더 진지하게 되고 한계의 순간에도 그걸 넘어서는 힘이 생긴다. 얼마 전에 양쪽 소매에 태극기가 부착된 옷을 입고 트레일 러닝 훈련 차 산에 간 적이 있다. 트레일 러너들은 등산객에게 방해가 되거나 불편함을 주지 않기 위해 멀리서부터 죄송합니다, 지나가겠습니다, 감사합니다, 라는 말들을 복창하며 지나간다. 열심히 능선을 달리는데 여러 무리의 등산객들이 앞쪽에 가고 있었다. 그날도 역시나 죄송합니다, 잠시만 지나가겠습니다, 라고 외치고 옆쪽으로 조심히 지나가려 했다. 마침 숨도 차고 힘도 들어 천천히 가야지 하며 속도를 늦추려는 순간, 등산객 중 한 명이 일행에게 소리쳤다. "잠시만 비켜! 비켜드려! 국가대표님 나가셔. 훈련 중이신가봐!" 이런, 국가대표님이라고 극존칭을 써주시며 길을 터주는 등산객들. 그렇다고 그

분들에게 저 국가대표 아닌데요, 라고 말하기도 그랬다. 힘들어도 멈출 수가 없었다. 일단 달려야겠다는 생각에 그대로 "감사합니다" 하고 크게 인사하며 지나쳤다. 아, 태극기의 무게여!

　네가 무슨 달리기야. 얼마 하다 말겠지. 오래 못 갈 거야. 달리기엔 나이가 너무 많은 거 아니야. 이런 말들에 별다른 대꾸를 하진 않았다. 그저 어떤 일이든 묵묵히 걸음을 옮기다보면 같은 방향을 바라보는 사람들이 에너지를 보태주고 더 나아갈 힘을 주었기에 내 마음이 시키는 일을 따랐다. 그렇게 꾸준히 즐기다보니 이런 기회도 오는구나 싶어 모든 것이 감사했다. 이번만큼은 더 즐겁게 완주하고 싶었다. 다른 이에게 갈 수도 있었을 기회가 운 좋게 나에게 왔는데 대충 준비해서 그 의미를 퇴색시키고 싶지 않았다. 나란 사람은 한다면 하는 사람이니까. 진정성 있게 행하고 싶었다. 연락을 받은 2018년 11월부터 2019년 3월 3일에 있을 마라톤을 대비한 특별 훈련이 시작됐다.

　영하 5도 이하로 내려가지 않는 한 훈련은 계속된다.

원래는 기온이 뚝 떨어지는 겨울에는 부상 위험도 있고 해서 달리기를 자제하는 편이다. 추위에도 달리면 체온이 오르고 땀이 난다. 한 시간가량 조깅을 하고 나면 그 열기로 인해 온몸에서 하얀 김이 폴폴 난다. 몸이 풀리며 개운한 느낌을 즐기려는 그때가 감기가 찾아오기 딱 좋은 때다. 그래서 조깅이 끝남과 동시에 뽀송한 옷으로 갈아입고 체온을 유지해야 한다.

런린이 시절부터 지금까지 세 번의 겨울을 보냈다. 고작 세 번이지만 겨울에 훈련한 덕분에 꽃피는 봄이 오면 내 달리기 기록은 날개를 달기 시작한다. 만개한 봄꽃처럼 달리기 역시 훨훨 날고자 하는 마음으로 혹한기 훈련에 더욱 진지하게 임했다. 손끝이 시려 양손에 핫팩을 부여잡은 채 일명 트랙 뺑뺑이를 세 시간 정도 돌기도 하고, 운동화로 새어들어 송곳처럼 발을 찌르는 냉기를 막아보려 신발에 테이프를 붙여가며 꾸준히 훈련했다. 적어도 스스로에게 부끄럽지 않을 정도로 최선을 다했다. 해외 달리기인 도쿄마라톤. 달리는 여행자로서의 도전은 그렇게 시작됐다.

실제 대회 당일 기온도 낮았고 계속 비가 왔다. 체온 보호용으로 준비해준 비닐 옷을 위아래로 입고 달달 떨면서 출발을 기다렸다. 우비소녀! 사실 소녀라고 하기엔 좀 양심에 찔리지만 어쨌든 예전 개그 프로에 나오던 우비소녀의 모습이었다. 추워서 또 쥐가 오면 어떻게 하지? 지난 풀코스 때 악 소리 났던 그 순간이 떠올랐다. 그간 열심히 노력하고 준비한 만큼 즐겁게 달리고 싶었다. 기록 단축을 하고 싶은 욕심도 처음 들었다. 즐기자. 잘할 수 있다. 오늘을 기분 좋게 장식하자며 기도를 했다.

출발과 동시에 시계를 맞추고 내가 생각한 페이스로 조금씩 달려갔다. 절대 초반에 오버하지 말자. 주위 사람들의 속도에 자꾸만 빨라지는 발걸음을 잡아 누르며 심장박동을 안정적으로 유지해갔다. 물 흐르듯이 레이스는 진행됐다. 기분도 컨디션도 최고였다. 아, 참 분위기 좋았는데 갑자기 10킬로미터 지점에서 화장실 신호가 왔다. 참아? 말아? 그냥 달려? 화장실 가? 순간 엄청난 고민에 빠졌다. 참아볼까 하다가 도저히 안 되겠다 싶어 코스 안쪽에 준비된 간이 화장실 쪽으로 뛰어 들어갔다. 오 마이 갓! 줄이 어마어

마했다. 생리적인 욕구라 어쩔 수 없이 기다리기로 마음먹었다. 당최 줄이 줄지 않았다. 서 있다보니 열이 식으면서 몸은 굳어갔고 마음은 초조해졌다. 화장실은 미리미리. 그때부터 지키고 있는 철칙이다. 시원하게 비워내고 날아갈 듯 가벼워진 몸으로 스피드를 올려봤다. 몸이 내 생각대로 쭉쭉 앞으로 나아가는 느낌이 들었다. 좋았어! 속으로 쾌재를 외치며 신나게 달려 나갔다.

42.195킬로미터의 달리기 코스 처음부터 끝까지 주로 옆쪽에 우산을 쓰거나 우비를 입은 응원단들이 빽빽하게 인간띠를 이루고 있었다. 국적을 떠나 그 길을 달리는 선수들을 향해 목청껏 소리치며 응원해주고 있었다. 그 응원을 받으며 달리는 길은 결코 외롭지 않았다. 멈춰 서고 싶지도 않았다. 가슴이 뭉클해지며 얼굴엔 뜨거운 눈물도 흘렀다. 이렇게 가슴 뛰게 달리고 있는 것이 좋았고 그 순간 그 공간에 내가 존재하는 것도 감사했다. 달리기를 하면서 감사하다라는 말이 입에 붙어 떠날 줄을 모른다. 정말이지 이렇게 내가 내 다리로 오늘도 씩씩하게 나아가고 있구나라고 생각하면 뜨거운 무언가가 명치끝에서부터 올라온다. 달리기를 시작

한 후 그간의 기억들이 영화 필름처럼 재생되며 '아, 정말 좋다'를 연발하며 기분 좋게 달렸다.

아무런 연고도 없는 곳에서 달리고 있었지만 나는 결코 혼자가 아니었다. 가늠할 수도 없는 엄청난 인파의 응원을 받았고 함께 간 팀원들의 아낌없는 보살핌과 지원 속에서 힘을 얻었다. 그렇게 42.195킬로미터를 완주하고 골인 지점을 통과하는 순간의 환희와 기쁨은 이루 말할 수 없었다. 달리는 내내 비가 와서인지 비에 젖은 싱글렛이 축 처져 사진에 죄다 바지 안 입고 달린 사람처럼 찍힌 게 아쉽긴 했지만 말이다.

그날 나는 '나의 러닝은 나를 닮았다'라는 말을 가슴에 새기고 달렸다. 나는 이 말이 참 좋다. 내 달리기가 나를 닮았다고 하는데 내가 이 달리기, 지금 이 경기를 포기하면 나를 포기하는 거야. 나 자신을 놓아버리는 것과 같다며 정신 무장을 했다. 그냥 주어진 기회이기에 대충 할 수도 있지만 나는 오히려 그렇기에 더 열심히 해야 한다고 생각했다. 내 스스로 증명해 보이고 싶었다. 함께 동행했던 뉴발란스의 방성호 대리는 완주한 우리에게 화관을 씌워줬다. 생각지 못한 배려와 준비에 또 감동이 밀려왔다. 머리엔 화관 목엔 메달을 받아 걸고 생각했다. 다음엔 어디에서 달리게 될까? 어떤 새로운 곳에서 새로운 걸음을 옮기게 될지 자꾸만 기대가 됐다.

누군가는 말한다.
돈 좀 벌어났나봐?
프리랜서니까 하고 싶은 거 다 하고 살 수 있는 거지.
우리처럼 직장에 갇힌 몸은 어려워.
뜬구름 잡는 이야기 그만해.

프리랜서. 물론 시간이 프리해서 좋은 직업이긴 하다. 하지만 이 말은, 즉 내가 움직이지 않으면 평생이 프리해짐을 의미하기도 한다. 늘 잠정적 실업상태에 놓여 있는 상황이다. 모두 선택의 문제다. 자유롭게 선택하고 그 선택에 대한 책임을 지는 삶을 살기로 마음먹었다. 나는 그저 부유함이나 안정적인 직장 대신 의도적 빈곤과 방황할지라도 새로움을 선택했을 뿐이다. 이것이 유별나게 혹은 이상적인 것을 꿈꾸는 사람처럼 보일 수도 있다. 나에게 있어 남다르다는 의미는 기존의 관습을 벗어던지고 제멋대로 산다는 것이 아닌 여러 벽에 부딪히고 깨지며 결국, 그럼에도 내 길을 찾아가는 것이다. 그런 내 삶을 나는 사랑한다. 내 마음을 충동질하는 것이 있다면 끝까지 밀고 나간다. 그 순간에 나는 살아 있음을 느낀다. 행복하다. 움직임으로 삶을, 그리고 내 세상을 희망차게 바꿀 수 있음에 감사한다.

2020년 역시 어느 곳을 달리며 새로운 나를 만나게 될지, 내 여행은 여전히 현재진행형이다. 아마도 9월엔 칠레의 아타카마 250킬로미터를 달리고 있을 듯하다.

# 러너비

~~~~~~~~~~~~~~~~~~~~~~~

나는 성공한 사람이다. 갑자기 무슨 소리냐고? 성공의 기준이 부와 명예에 있다면 이런 말을 할 자격이 없겠지만 "성공이란 당신이 하고 싶을 때 좋아하는 사람과 하고 싶은 일을 마음껏 하는 것이다"라는 앤서니 라빈스의 말대로라면 분명 성공했다고 할 수 있다. 나 역시 '내가 할 수 있는 일, 내가 해서 즐거운 일을 하는 것'이라 생각하기 때문이다. 진정으로 좋아하는 것, 평생을 즐겁게 할 수 있는 일에 정성과 정신을 담으며 꾸준히 향하는 것, 그것이야말로 성공한 인생이 아닐까.

작가로서 이렇게 꾸준히 글 쓰는 삶을 살고 있고 강연가로 사람과 세상과 소통하며 살고 있다. 그리고 자연 속에서 자연과 벗하며 달리는 러너가 됐다. 삶이 말이 되고 말이 행동이 되고 글이 되는 삶. 사유하고 실천하는 경계에서 다양한 경험을 쌓으며 살고 있다. 지금 하고 있는 일이 좋은가 라는 질문에 단 1초의 망설임도 없이 그렇다고 답할 수 있다. 러시아의 작가 막심 고리키는 "일이 즐거우면 이 세상은 낙원이요, 일이 괴로우면 세상은 지옥이다"라고 했다. 객관적인 상황이 어쨌든 나는 내가 좋아하는 일을 하면서 오늘을 잘 살아가고 있다. 자신이 좋아서 선택한 짐은 무겁게 느껴지지 않는 법이다. 이처럼 오늘을 잘 살아가는 것과 겨우 살아내는 것은 큰 차이가 있다.

그리고 나는 부자다. 이건 또 무슨 소리냐고? 네 개의 상표가 내 이름으로 등록되어 있다. 힐링프로듀서, 커뮤니데아, 힐링토피아에 이어 러너비까지 서비스표등록증이 나왔다. 뭐 이런 상표로 수익사업을 하는 것은 아니지만 고심해서 의미를 담고 여러 말들을 건져 올려 조합한 완성품들이 탄생하고 인정받는 것에 대한 즐거움이 있다. 10년 전,

'힐링프로듀서'라는 말을 만들고 나서 나를 표현할 수 있는 모든 것에 '힐링프로듀서'를 사용했었다. 그때의 반응은 힐링 프로듀서? 그게 뭐예요? 그래서 뭐 하는 사람이라는 거예요? PD예요? 시큰둥하고 갸우뚱한 경우가 대부분이었다. 영문법을 운운하며 표현도 틀렸고 그런 걸 왜 만든 거냐는 핀잔도 들었다.

당시 나는 글을 쓰고 있었고 무엇보다 '치유'에 관심이 많은 사람이었다. '힐링'이라는 단어에 예민하게 반응했고, 그 말을 들으면 기분이 좋아졌다. 강연 내용도 주로 스트레스 관리나 컨디션 트레이닝에 관련된 콘텐츠로 나와 잘 맞았다. 가장 즐겁게 하고, 잘할 수 있으며 앞으로도 지속적으로 알아가고 싶은 영역이었다. 그 일을 대표할 수 있는 브랜드 네임을 만들어보고 싶었다. 많은 고민 끝에 힐링프로듀서를 떠올렸고, 이 말이 나를 대표하는 단어가 됐다. 프로듀서는 라틴어 프로두체레에서 기인했다. 프로두체레는 '안에서 밖으로 이끌어 내다'라는 의미를 지닌다. 즉 스스로의 가능성을 발견하고 행복의 씨앗을 움틔우는 것은 자기 자신이기에 힐링의 방법을 알려주는 역할이 아닌 스스로 빛날 수 있는 방향에 대해 함께 고민하는 사람이자 에너지를 나누는 이가 되고 싶었기에 만든 브랜드 네임인 것이다. 치유의 주체는 타인이 아닌 자신이 되어야 한다는 생각은 지금도 변함이 없다.

아무튼 이 단어를 조합하고 상표등록을 한다고 했을 때도 '그게 되겠니?' '괜히 돈 버리지 마라'라는 조언을 수도 없이 들었다. 하지만 나도 하고 싶은 것은 하며 사는 사람이니 그들의 말을 참고는 하되 내 뜻대로 진행했고, 그렇게 첫 번째 내 이름으로 된 상표가 생겼다. 그리고 국내 최초이자 유일한 '힐링프로듀서'이며 작가로 십 년째 글을 쓰고 강연을 하고 있다. 나는 이 말이 참 좋고 내가 하는 일이 참 사랑스럽다. 그러면서 두 개의 상표를 더 등록했다. 사실 이 상표들로 수익사업을 하거나 무슨 일을 진행하지는 않는다. 그저 내가 좋아하는 말, 나를 표현할 수 있는 또 다른 단어에 대해 고민하다보니 여기까지 왔다.

그리고 작년에 '러너비' 상표등록을 신청했다. 이 역시 달리기를 통해 난 무엇을 해야 할까 하는 마음으로 시작한 것이 아니다. 러닝에 대해 심취해 달리면서 정말 행복했다. 그러면서 삶이 더 충만해지고 즐거워졌다. 달리기는 내가 삶을 대하는 태도를 바꿔준 운동이다. 그런 생각에 미치다가 러너비(Runner. B)가 뇌리를 스쳤다. 내 삶에 있어서 원동력이 되고 에너지를 불러일으켜주는 것 중 가장 큰 지분을 차지하는 것이 달리기다. 달리기는 내가 나답게 살아갈 수 있게 이끄는 힘이다. 모든 일에는 에너지가 필요하다. 그에너지는 바로 건강한 몸과 마음에서 비롯된다. 그래서 유수의 CEO들이 그렇게도 운동을 통해 몸을 단련하나보다. 버진그룹의 회장 리처드 브랜슨 역시 모든 일에는 에너지가 필요하고 그 에너지는 몸에서 비롯되며 운동을 통해 생긴 에너지 덕분에 하루 4시간이라는 시간을 내가 원하는 것에 더 집중할 수 있게 됐다고 말하며 운동의 필요성과 효과에 대해 강조했다.

건강한 몸과 마음으로 자신의 삶에 최선을 다하는 사람들이 내 워너비(wannabe)다. 워너비는 유명인을 동경하는 사람을 의미하거나 혹은 동경해 그들의 행동이나 복장을 그들처럼 하는 사람을 의미한다. 나에게 있어 워너비는 무조건 닮고야 말겠다는 의지를 가장한 집착이라기보다, 삶의 방향성이나 가치관이 비슷한 사람들을 통해 내 의지를 강화해나가는 장치다. 러닝이 내 삶에 주는 가치에 대해 생각해보니 이 역시 러너비(Runner.B)로 말할 수 있었다. 여기에서의 B는 달리기를 통해 네 자신을 더욱 믿게 되고(Believe in yourself), 삶의 균형을 잡아갈 수 있다(Balance your life)는 메시지를 담게 됐다. 그리고 그런 인생을 위해 멋지게 나아가는 사람들을 러너비라고 부르고 싶었다. 그리고 그 즐거움을 전파하고 싶었다. 바삐 돌아가는 세상에서 내 마음 하나 챙길 겨를 없는 현대인들에게 달리는 순간만큼은 경쟁 없이 움직이는 즐거움이라는 것을 알려주고 싶다. 또 함께 달리는 과정을 통해 내면을 발견하는 기쁨과 땀방울을 나누고 싶다. 우리 모두가 러너비가 되는 그 순간까지 건강한 달리기를 이어가고자 한다.

# 월드 챔피언과의 만남

~~~~~~~~~~~~~~~

미라라이(Mira rai)가 한국에 온다고? 단순히 대회장에 와서 빠르게 달리고 가는 형태가 아닌 러너들과 함께 팀을 이뤄 달릴 예정이라고? 레이스 내내 그녀와 함께할 수 있는 거야? 믿기지 않았다. 'K100 내설악 국제트레일런 대회'에서 미라라이를 볼 생각을 하니 마음이 설레었다. 학창 시절 좋아하던 연예인을 바라보던 마음처럼 구름에 떠 있는 기분까지 들었다. 미라라이는 트레일 러너다. 그것도 세계적인 선수다. 2017년에는 내셔널지오그래픽에서 선정하는 올해의 모험가(National Geographic Adventurer of the Year)로 꼽히기도 했다.

미라는 울트라트레일 대회가 뭔지도 모른 채 우연히 50킬로미터 울트라트레일런에 출전했다. 물론 그녀는 다른 선수들처럼 기능적인 옷도, 퍼포먼스 향상을 도와주는 신발도 없었다. 거기에 레이스 도중 에너지를 보충할 식량도 준비 못한 채 경기에 참여했다. '선 장비 후 실력'이라는 말은 그녀에게 전혀 해당되지 않았다. 그 상태로 우승을 거머쥐었다. 자기 자신을 이겨낸 것이다. 그렇게 그녀는 트레일 러너로 명성을 얻고 그 이후 하나하나 열거하기 힘들 정도로 많은 대회에서 입상을 하게 된다. 사실 대회에서 몇 위를 했는지 혹은 우승 트로피의 숫자로 그녀를 설명하고 싶지 않다. 그보다 계속해서 자신의 한계를 극복하고 네팔의 청년들을 위해 힘쓰고 있는 그녀의 마음에 대해 전달하고 싶다.

단순히 기량이 뛰어난 것을 넘어서 그녀는 자신의 나라인 네팔 여성들에게 영감을 주는 인물이다. 자신이 달리기를 통해 네팔의 차우파디(나이와 상관없이 여성이 월경을 시작하면 월경이 끝날 때까지 가족과 사회에서 단절시키는 네팔의 문화. 이 기간 동안 가축이 살던 공간이나 좁은 창고에서 옷, 담요 등의 지원도 없이 비위생적인 상태에서 지내게 되며 건강에 문제가 생기거나 벌레나 동물에 노출되어 물려 죽게 되는 경우도 많다고 한다)와 같은 악습을 넘어설 수 있었던 것처럼 네팔의 모든 여성들이 이런 폐습을 운명처럼 받아들이지 말고 거기에 맞서 싸우길 바란다고 한다. 더불어 미라는 더 많은 네팔 여성들이 자기 자신을 이겨내길 바란다고 이야기한다.

그녀의 다큐멘터리를 보고 나 역시 깊은 감명을 받았다. 그런 그녀를 곧 만난다. 예쁘게 포장한 한 다발의 꽃을 들고 작은 선물을 준비하고 인천공항으로 향하는 그 길 위에서 그렇게 좋을 수가 없었다. 나는 공항에서부터 모든 일정을 함께할 매니저로서의 임무를 부여받았다. 그리고 엄청난 경쟁률을 뚫고 선정된 미라와 함께할 30여 명의 러너와 달리게 됐다. 달리다보니 이런 일이 다 생기는구나. 역시나 꾸준히 달리고 볼 일이다.

아무튼 매니저로서의 첫 임무 수행이 바로 미라라이를 픽업해서 살로몬과 아웃도어스포츠코리아가 함께하는 '미라라이의 밤' 행사에 가서 사회를 보고 진행하는 것이었다. 나는 저녁에 있을 행사 관련 시나리오를 계속 머리에 그리며 눈이 빠지도록 게이트를 빠져나오는 사람들을 유심히 바라보았다. 그런데 나올 시간이 지났음에도 미라는 나타나지 않았다. 그때 그녀로부터 날아온 메시지 한 통. 'I'm in Nepal.' 그 문자를 보고 웃음이 났다. 참 위트 있네, 장난도 다 걸고. 이런 조크를? 평소 미라의 SNS 계정을 보면서 세계적인 선수 이면의 장난기 가득한 천진한 소녀의 모습을 알고 있었기에 농담을 한다고 생각했다.

농담이면 좋았을 텐데……. 그녀는 비행기를 타지 못했던 것이다. 당장 그날 밤 큰 행사가 있는데……. 하지만 만남은 이럴수록 더 드라마틱해지는 법. 다행히 빠르게 재발권이 진행됐고 대회 전날 미라는 무사히 도착하긴 했다. 하지만 지금도 그때를 생각하면 식은땀이 쭉 흐른다.

그날 미라라이 없는 '미라라이의 밤' 행사 사회를 보는데 '사실은 이 자리에 모인 우리 모두가 주인공인 밤이다'라는 멘트로 조심스레 시작을 열었고 자초지종 설명과 함께 아쉬운 마음에 대해 풀어냈다. 다행히 참석자들의 공감을 얻었고 청중들이 열린 마음으로 함께해준 덕분에 훈훈하게 마무리 지을 수 있었다. 그리고 다음날 다시 공항으로 미라라이 선수 픽업을 갔고 그녀를 만나자마자 뜨겁게 포옹부터 했다. 그녀 역시 나에게 셀피를 찍자고 했고 대회장으로 가는 내내 우리 둘은 대화가 끊이질 않았다. 우여곡절이 있긴 했지만 결과적으로 모든 것이 잘 끝났다. 많은 사람들이 함께 즐겼고 세계적인 스타와 함께 달리며 행복해했다. 미라역시 한국에서의 기억, 좋았던 경험들에 대해 SNS에 공유하며 여기에서의 추억을 되살리고 있다.

미라라이가 한국에 온 것도, 한국의 트레일 러너들이더불어 함께할 수 있었던 것도 미라와의 오랜 인연으로 친분을 유지해온 유지성 대장이 있었기에 가능했다. 유지성대장은 우리나라에 트레일 러닝 문화를 만든 선구자이자 국내 최초 오지레이서다. 세계 최초로 사막 그랜드슬램(사하라사막, 고비사막, 아타카마사막, 남극)을 2회 달성한 인물이자 《하이 크레이지》,《청춘경영》,《울고 싶을 땐 사하라로 떠나라》의 저자이기도 하며 지역 특색을 살린 코스 설계와 트레일 러닝 저변확대를 위해 힘쓰고 있는 사람이다.

러닝을 하면서 트레일 러닝의 변천사를 알아가는 것도 의미가 있고 그 과정 속에서 고군분투 하며 노력한 선배들과의 만남은 이 운동을 대하는 마음가짐을 조금 더 진지하게 만들어준다. 20여 년 이상 한길을 꾸준히 걸어온 사람의 이야기는 그 자체로 감동이다. 그런 사람들과 함께 대회가 만들어지는 과정에 참여하고 일원으로 활동할 수 있다는 것이 참 감사하다.

K100 대회 당일, 청명한 가을 하늘 아래 많은 선수들이 모여 있었다. 미라라이와 사진 찍기에 바쁜 사람들과 자신의 애장품에 사인 받기에 여념이 없는 사람들로 북적거렸다. 이런 부산스러움이 그날따라 참 좋았다. 못 볼 뻔했는데 그 장소에 그녀가 있는 것만으로도 행복했다. 장내를 정리하고 미라의 인사말과 함께 한국에 방문한 소감을 듣고 청중의 질문에 응답하는 시간을 가졌다. 계속해서 함께한 덕분인지 우리는 눈빛만으로도 생각이 통하는 사이가 됐다. 청중의 질문에 바로 바로 영어가 떠오르지 않았지만 내가 건네는 말들을 찰떡같이 알아듣고 센스 있게 대답하는 미라 덕분에 등줄기 땀을 덜 흘릴 수 있었다. 이런,

영어가 계속 발목을 잡네. 일상회화는 가능한데 좀 고급진 어휘구사를 위해 영어공부도 좀 해야겠다는 생각이 또 강력하게 밀려들었다. 영어 울렁증 극복을 위해 영어공부도 좀 달려봐야겠다.

이야기가 좀 새긴 했지만, 평소에 훈련을 어떻게 하는지 궁금하다는 질문에 "빨리 달리기보다 조깅으로 무리 없이 꾸준히 훈련한다"고 말하는 미라의 대답에 그녀가 이야기하는 조깅은 과연 어느 정도의 빠르기인지 알고 싶었다. 그리고 그녀가 말한 천천히 달린다는 그 조깅 페이스가 적어도 나에게 풀페이스(최대한 달릴 수 있는 빠르기)를 의미함을 자각하는 데는 그리 오래 걸리지 않았다. 미라는 웃는데 그 뒤에서 팀미라라이 멤버들과 나는 죽을상을 하고 따라가는 뭐 그런 형태였다. 원래의 계획은 팀미라라이가 출발은 앞에서 하되 출발과 동시에 속도를 늦춰서 완벽한 펀런(빠르게 달리기보다 즐기며 천천히 달림을 의미하는 말)을 하는 것이었다. 하지만 그녀는 빨랐다. 그것도 상당히 빨랐다.

팀원들이 출발함과 동시에 "펀런이라면서요~" "미라!

좀 세워줘요" "악! 페이스가 너무 빨라요"라고 외쳤다. 이것은 미라만을 위한 편런이던가? 불과 1킬로미터만에 심박수가 엄청나게 올라갔다. 이대로 가다가는 30명의 팀원 동반 피니시는 힘들겠다는 생각에 코스 초반에 나오는 계단 앞에서 예정에 없던 단체사진을 제안했다. '휴, 살았다' '진행 잘한다'는 팀원들의 안도의 한숨. 우리는 그렇게 한숨을 쉬며 거친 숨도 정돈하고 웃음을 되찾았다. 그날 예정된 사진포인트는 4곳. 하지만 그 이후로도 우리는 괜히 이유 없이 미라와 함께 수시로 사진을 찍었다. 그렇게라도 여유를 가지고 싶어서였다.

미라는 앞에서 뒤로, 뒤에서 앞으로, 심지어 옆으로 달리며 팀원들을 격려했고 할 수 있다며 응원했다. 우리와 보폭을 맞춰 달리고 열이 식을지언정 수시로 팀원들을 기다렸다. 소녀같이 해맑은 미소 뒤에 강인한 여성이 있었고 배려심 넘치는 따뜻한 마음이 있었다. 그녀는 여러 면에서 프로였다. 이렇게 빨리 뛰어본 적이 없다는 팀원들에게 너희는 생각 이상으로 강인한 사람들이다, 충분히 갈 수 있다고 격려했다. 뒤에 처진 멤버들에게 수시로 괜찮은지 묻고 관심을 가졌다. CP1(체크포인트: 중간기록을 측정하는 지점이자 급수 및 간식을 섭취할 수 있는 곳) 이후부터 주력이 다른 30명의 팀원들은 자기 페이스에 맞게 스스로에게 집중했다. 미라와 최대한 함께 움직인 러너도 있고, 그렇지 못한 러너도 있다. 속도는 달랐지만 가을의 한복판에서 우리는 아름다운 인제를 함께 달렸고 각자의 걸음에 최선을 다했고 그래서 행복했다.

특히 그녀가 우리에게 남기고 간 메시지인 "자신이 가진 가능성을 발견했음 해요. 당신은 강하고 할 수 있어요"는 내 마음에 각인되었다. 달리며 힘에 부치는 순간 되뇌는 만트라가 될 듯하다. 아니, 나는 강하고 잘 해낼 수 있다는 말은 달리기뿐만 아니라 살아감에 있어서도 매 순간 직면하는 어려움이나 피하고 싶은 고통의 순간에서 뒷걸음치거나 마냥 멈춰 서기보다 그럼에도 나아갈 수 있는 동력이 되기에도 충분하다. 내면의 강함을 발견하고 자연과 합일되는 느낌을 느끼는 것, 그것이 내가 달리는 이유고 사는 이유다. 지금 당신의 만트라는 무엇인가?

# 나를 사랑하는 방법

~~~~~~~~~~~~~~~~~

계절은 달력 한 장이 넘어간다고 그냥 오는 것이 아니다. 봄이면 여리디여린 새순이 겨우내 언 땅을 힘겹게 뚫고 올라와 계절의 변화를 알린다. 여름이면 그 지루한 광합성 작용을 통해 숲은 스스로를 더욱 푸르게 적시고 가을이면 겨울을 준비하려 한여름의 무성함을 담은 잎을 떨구는 숙살지기(肅殺之氣)의 과정을 거친다. 겨울에는 그저 잠들어 있는 듯 보이지만 모든 생의 에너지를 농축시키고 집약시키는 과정이 소리 없이 눈에 보이지 않게 진행된다. 늘 같은 계절이 그냥 찾아오는 듯 여겨지지만 그 내밀한 곳엔 생의 의지가 항상 새롭게 발산되고 있다. 그것이 자연이 자신을 사랑하는 방법이자 자기답게 살아가는 법일 것이다. 그리고 그 새로움은 선물처럼 계절마다 우리를 찾아온다.

　사람 역시 한 해가 지나간다고 해서 그냥 어른이 되는 것은 아니다. 나이는 그저 주어지는 것일지라도 나잇값을 제대로 하기란 쉽지 않다. 나도 늘 고민한다. 나이 먹는 것을 걱정하기보다 나잇값을 못하는 어른아이가 되고 싶지 않다. 한참 동안을 달력 한 장이 넘어가고 나이 한 살을 더 먹어왔지만 여전히 같은 자리에 놓인 내 모습을 발견했다. 삶이 매너리즘에 빠지는 순간 열정이나 개인의 발전과는 거리가 멀어지게 된다. 날마다 반복되는 생활을 일상이라 한다. 반복되는 일상에 안주해버리게 되면 몸도 생각도 그 범위에서 정체될 수밖에 없다. 변화의 필요성조차 느끼지 못하게 된다.

　예전에는 한 달에 한 번 스스로에게 선물을 했다. 필요하지 않아도 가지고 싶었던 사치품이나 장신구들을 한 달간 치열한 사회에서 열심히 살아내고 돈 번 나에게 주는 일종의 시발비용인 셈이다. 그것이 내가 나를 사랑하는 방법이라고 생각했었다. 이런 행동에는 틀리고 맞는 것은 없다. 자신만의 방식이 있는 거다. 지금도 가끔 원고 탈고를 하거나 의미 있는 일을 마친 후에 소소하게 운동복이나 러닝 관련 기어를 나에게 선물하곤 한다. 그러다가 몸이 무너지면서 생각도 잠기게 됐던 지난 몇 년, 내 생활을 다시 돌아보는 계기가 됐다. 지금까지 의미 있게 살아가기보다 억지로 살아내고 있다는 생각이 들었다. 사회적으로나 커리어나 열심히 한 만큼 쌓여가고 인정을 받았지만 내면의 헛헛함이 자리했다. 너무 앞만 보고 내달리느라 정작 가장 중요한 내 마음을 놓치고 지냈다는 것에 생각이 미쳤다.

다행히 반복됨 속에 매몰되고 무뎌지는 감각을 깨우고 싶어졌고 의미 있는 전진을 하고 싶어졌다. 물건을 사고 거기에 가치를 부여하기보다 둘도 없을 경험을 통해 나를 성장시키는 것이 스스로를 사랑하는 방법이라 생각하기 시작했다. 그렇게 나는 꾸준히 달렸고 세상으로 나올 수 있었다. 그리고 지금은 일상이 기억나지 않는 곳으로 자꾸만 떠남을 반복한다. 더 감사한 일은 떠나 있을 때 이 지루한 일상이 더욱 그리워진다는 것이다. 여기서의 떠남은 꼭 시간을 내어 여행을 하거나 멀리 감을 의미하지 않는다. 매일 반복되는 패턴을 깨는 것, 늘 가던 카페가 아닌 조금 더 떨어진 곳에 간다거나 책 한 권 들고 가볍게 나서는 산책도 해당된다. 결국 떠남은 잘 돌아오기 위함이다. 새로운 보행을 통해 느낀 새로운 경험으로 지금, 여기에 주어진 것들에 대한 감사함을 느끼고 더 몰입할 수 있게 된다.

　나는 이렇게 가슴이 이끄는 삶을 살고 있다. 가슴 뛰는 삶을 선물해준 것이 바로 달리기다. 달리는 행위는 내가 나를 사랑하는 나만의 방식이다. 다리의 움직임을 통해 뛰고, 호흡이 차오르며 심장이 뛰고 새로운 희망에 가슴이 뛴다. 뛰면서 더 자유로워지는 법을 깨달았다. 아니 깨달았다기보다 조금 달리 살아가는 방식이 있음을 느낄 수 있었다. 순간순간 멀리 달려가고 있지만 그 발걸음은 결국 나를 향하고 있다. 내면의 힘을 느끼고 나를 더 사랑하게 되며 결국 그 사랑이 넘쳐 주변을 보듬어줄 수 있다고 믿는다. 적어도 나는 몸도 마음도 강한 사람이다. 나를 사랑하는 가장 확실한 방법, 달리기를 만난 나는 행운아다.

## 봄 맞으러 가자

~~~~~~~~~~~~

긴 겨울의 끝자락이 보인다. 계절마다 다가오는 변화와 의미를 좋아하지만 겨울이 너무 길어지는 건 싫다. 여기저기 뛰어다니는 것을 좋아하는 나는, 2월 초가 되면 하루빨리 알싸한 공기가 누그러지길 바라고 꽃향기가 조금씩 실려오길 기다린다. 삶에서 꽃길만 걷기란 쉽지 않으니 봄꽃이라도 가득한 길을 달리고 싶어서일까. 요즘의 나는 꽃이 그렇게 좋을 수가 없다.

좋아하는 꽃을 만끽하기 위해 2019년 2월 24일에 열리는 우메노사또 트레일런 대회에 참여했다. 일본은 정말이지 나에게 가깝고도 먼 나라다. 사회생활을 시작하고 나서는 열심히 앞만 보고 달리느라 여행을 할 수 있는 환경이 아니었고, 조금 자리 잡고 나서는 교통사고가 나면서 여행을 할 수 있는 몸이 아니었다. 그러다가 달리기를 만나고 운동을 통해서 몸과 마음을 회복하고 새로운 곳에서 달리고 싶은 꿈이 생기면서 이제야 조금 여행을 다니고 있다.

그중 와카야마에서 열리는 우메노사또 트레일 러닝을 가게 된 이유는 단 하나, '봄이 가장 먼저 찾아오는 곳'이라는 홍보 글 때문이었다. 그래 봄 맞으러 가자. 마음이 시키는 일임을 직감했고 빠르게 실천했다. 후쿠시마 원전 사고 이후 방사능 공포로 일본 여행은 그냥 보내준다 해도 안 갈 거라고 입버릇처럼 말했는데, 달리기 하러 일본에 간다는 말에 지인들은 달리기가 방사능 공포를 이겼다며 놀려댔다. 뭐, 변하니까 사람이지.

'우메노사또'라는 이름에서도 알 수 있듯 와카야마는 일본 최대 매실 산지다. 매실 산지답게 온 언덕에 하얀 매화가 피어 있었다. 흰 눈이 온 산을 수놓은 듯한 절경을 보며 달렸다. 그야말로 꽃길을 통과했다. 오르막을 오르면서 숨이 차올랐지만 그 힘든 순간을 이겨내는 것은 가슴을 파고드는 눈부신 풍경 덕분이다. 그 아름다운 길 위에서 단 한걸음도 소홀할 수 없었다. 즐기러 간 대회에서 이른바 대회뽕 덕분에 죽어라 달렸다. 힘들지 않았다. 여기서 죽어라 달렸다는 것은 순간을 즐기는 것에 최선을 다했음을 의미한다. 그 결과 15킬로미터 부문에서 여자 4위를 했다. 3위 안에 못 들면 어떠하리. 기록증에 찍힌 4위라는 숫자는 내 새로운 도전을 의미하기에 그것만으로도 자랑스러웠다.

소담스러운 시골마을에서 열리는 대회. 작지만 그 안에 사람냄새가 나는 대회였다. 주로에 어린아이들이 강아지들과 함께 나와 고사리손으로 박수를 치고 있었다. 어르신들 역시 의자를 가지고 나와 길에 앉아 달리는 선수들을 응원하고 있었다. 주요 갈림길에도 동네 주민들이 참여해 길을 안내하고 있었다. 30킬로미터 코스에는 체크포인트 지점에서 마을 사람들이 직접 생선을 장작불에 구워주고 손수 싼 김밥에 각종 음식들을 준비해서 선수들이 먹을 수 있도록 했다고 한다. 여기서 먹는 꽁치구이가 그렇게 맛있다고 하는데 그 말에 짧은 코스를 뛴 게 후회됐다. 나도 장작에 구운 꽁치 잘 먹을 수 있는데. 다음에 이거 먹으러 또 와야겠다고 마음먹는다.

우메노사또 트레일런은 겉치레를 걷어낸 담백하고 요란함 없는 대회였다. 완주 메달도 없었고 그럴듯한 기념품도 없었지만 함께한 모두의 마음이 따뜻해지는 경험을 했다. 가져가는 기념품보다 따뜻한 기억을 선물받는 것이 내게는 더 의미가 있었다. 빨리 봄을 맞이해서 좋았고, 꽃길을 달려서 행복했다. 그거면 됐다. 사실 달리기 대회에서 받은 기념품들은 서랍에 그냥 넣어두는 경우가 대부분이다. 메달도 목에 걸 땐 좋지만 자꾸만 쌓이니 의미 있는 몇 개만 남겨두고 버린다는 사람들도 많다. 어쨌든 함께 갔던 일행 모두 이렇게 기분 좋은 레이스를 잘 마무리했다.

행복은 특정한 어떤 시점과 사람들과 공간이 결부되는 경험으로 만들어진다. 팀코리아는 우메노사또 트레일런 대회 주최 측의 초대로 오피셜(official)로 간 멤버들로 구성됐다. 그래서 대회 후에 현지 스태프들과 팀코리아 멤버는 함께 식사를 하며 대회 관련 피드백도 전하고 친교의 시간을 가졌다. 말은 잘 안 통해도 광대가 아플 정도로 웃어댔고 너무 웃어 배가 당기고 눈물도 났다. 그 순간 우리는 국적을 떠나 하나였고 친구가 됐다. 연출이 아닌 진심이 담긴 웃음이 묻어나는 순간의 기록들이 사진 속에 담겨 있다. 더불어 일본의 생맥주가 그리 맛있다는 사실을 그제야 알게 됐다. 나이가 삼십 후반이 되어서야 나마비루(생맥주) 맛을 알게 된 나는, 여전히 모르는 게 많고 새로운 모든 것에 조심스레 도전하는 그런 인간이다. 달리기는 이렇듯 나를 한 걸음 더 나아가게 만들어준다. 그 한 걸음 덕분에 행복의 몸집도 조금씩 성장 중이다.

내년에도 기나긴 겨울의 끝자락에서 봄기운이 간절히 그리워지면 또다시 그 길을 달리고 싶어질 것 같다. 그때도 이렇게 외치겠지. '봄 맞으러 가자!'

# 피니셔컵에 담긴 맥주

~~~~~~~~~~~

너무나 덥다. 사우나도 여기보단 낫겠다. 계속 중얼중
얼하며 발걸음을 옮긴다. 트레일런 대회 코스가 왜 죄다 숲
속이 아닌 초원을 달리고 늪지대를 통과하는 거냐고. '태양
을 피하는 방법'이라는 노래 가사처럼 정말 태양을 피하고
싶었다. 나는 더위도 더위지만 습도에 여지없이 무너지는
편이다. 더워서 머리에 네 차례 물을 들이붓고 달린다. 드디
어 숲이 나왔다. 숲은 고요해도 너무 고요했다. 바람 한 점
불어오지 않았다. 게다가 바닥이 진흙탕이다. 신발이 벗겨
질 만큼 강력한 머드가 안 그래도 무거운 다리를 계속 잡아
당긴다. 잘못하다가는 진흙에 발목이 잡힐 지경이다. 그런

구간이 3킬로미터 정도 지속됐다.

　　이렇게까지 투덜대며 달린 적이 없는데 그날따라 긍정의 기운보다는 불만 덩어리가 내 가슴을 누르는 느낌이 들었다. 그때 느꼈다. 내가 그렇게 힘든 이유를. 잘하고 싶었기 때문이다. 유일한 동양인 참가자였다. 사실 동네 대회라고 해서 얕잡아 보기도 했다. 조금만 열심히 뛰면 입상권에 들겠다는 마음이 앞서 주어진 자연을 느끼지 못하고 상황을 탓하기만 했다. 사실 끝없이 펼쳐진 초원은 한국에서 만나기 힘든 생경한 풍경이다. 목장을 가로지르기에 지천으로 널려 있는 소똥 바닥도 생각하기에 따라 신선한 느낌을 줄 수 있다. 젖소들의 탈출을 막기 위해 달리다가 소 우리를 열고 들어가 다시 닫고 가는 것도 처음 해본 경험이기에 재미있었는데, 트로피에 눈이 멀어 보이는 게 없었다. 반성했다. 그래 까불지 말자. 그런데 그 트로피를 받고 싶긴 했다. 수제로 깎아 만든 젖소 형상을 하고 있는 거대 트로피였다. 트레일의 본고장 미국에서 뭔가를 보여주고 싶었는데, 내 능력치는 생각도 못하고 달리다 보기 좋게 퍼지고 말았다.

사촌언니를 만나러 가는 길에 미국에서 열리는 트레일런 대회에 꼭 한 번 참여하고 돌아오고 싶었다. 고비사막 레이스를 떠나기 전 그간에 했던 훈련성과도 느껴보고 싶었다. 언니가 살고 있는 뉴욕주 이타카 근처에서 열리는 대회들을 쭉 찾아보다가 내가 머무는 곳과 그리 멀지 않은 지역에서 열리는 대회 하나가 눈에 들어왔다. 대회에 참여하기 위해 안 그래도 좁아터진 여행가방에 대회 복장과 트레일 러닝용 운동화까지 꾸역꾸역 집어넣었다. 캐리어는 터지기 직전의 상태였지만 용케 잘 버텨줬다. 작년 대회 영상을 찾아보니 동네에서 열리는 작은 규모의 대회인 듯했다. 아직 일정상 여유도 있고 해서 미국에 가서 언니와 함께 참여하는 방향으로 해서 신청을 하기로 마음먹었는데 미국에 도착해서 대회 신청 사이트에 들어갔더니 마감이란다. 오 마이 갓!

서둘러 대회 주최 측에 메일을 보냈다. 한국에서 온 러너다, 꼭 참여하고 싶은데 방법이 없을까, 달려보고 그 느낌을 함께 러닝을 즐기는 동료들과 나누고 싶다고 보냈다. 기다리던 답변이 왔다. 그런데 메일에는 "미안, 네 앞에 91명의 대기자가 있어"라고 적혀 있었다. 로컬 대회가 아니구나. 참여가 어렵다고 하니 더 하고 싶은 마음에 발을 동동 구르고 있었다.

그래 다시 한 번 메일을 보내보자. 정말 방법이 없는지 재차 물어봤다. 그랬더니 방법이 없는 것은 아니라는 조금은 희망적인 답변이 왔다. 내 운을 시험해보고 싶으면 대회 당일 대회장으로 오라고 한다. 그리고 올 마음이 있으면 대회 전날 다시 한 번 메일을 달라고 했다. 이 말이 오라는 건지 말라는 건지 애매했지만 내 운을 시험해보기로 했다. 대회 전날, "나는 내 운을 시험해보기로 했어"라고 메일을 보냈다. 그랬더니 알렉스는 레이스 패키지를 준비해둘 테니 7시 반 전에 와서 자신을 찾으라는 답장을 보내왔다. 드디어 참여가 가능하다는 연락을 받은 것이다. 마감이라고 포기했으면 경험하지 못했을 대회다. 그래서 더 의미가 남다르다. 대회 당일 울창한 숲으로 둘러싸인 포토맥 캠프 그라운드(Potomac Camp Ground)에 도착해서 알렉스를 찾았다. 기념 티셔츠와 배번을 받고 어찌나 기분이 좋은지 날아갈 듯했다. 그런데 가만, 출발선에 선 선수들이 다해봐야

100명이 될까 싶은 작은 대회가 맞네. 앞에 대기자가 91명 있다는 건 미국식 조크인가 날 놀린 건가? 혹시 인종차별? 별 생각이 다 들었지만, 에이 아무렴 어때 참여하면 된 거지. 너무 깊게 생각하지 말자며 털어버렸다. 그리고 인원도 별로 없고 여자는 더더욱 몇 명 없으니 열심히 뛰어서 입상 한 번 해보자!

그렇게 나 홀로 비장하게 25킬로미터 대회가 시작됐다. 앞에서 말했든 욕심이 과해 진즉에 나는 체력이 방전됐고 17킬로미터 지점에서 퍼져 체크포인트에서 한참 머물렀다. 땅콩버터가 엄청나게 두껍게 발린 토스트를 와구와구 먹어댔다. 그 옆에 있는 수박 역시 손에 잡히는 대로 밀어 넣었다. 어쩌다가 달리기 대회 나가서 먹방을 찍고야 말았다. 스태프들이 이상하게 쳐다보았다. 그래도 어쩔 수 없었다. 살고 봐야지. 먹어야 갈 수 있다. 마지막 체크포인트에서 음료를 두 컵을 마시고 다시 피니시를 위해 달렸다. 마음을 비우고 에너지를 충전하니 그제야 자연이 주는 생동감이 전해온다. 뒤에서 달려오는 선수들에게 'You go first'라고 길을 터주고 천천히 가기 시작했다. 그래 삶에 대한 예민성을 감수성으로 전환하는 시간이 우리에게는 필요하다. 자연과 벗하며 자연 속에 동화되니 다시금 기분도 좋아지고 호흡도 편해진다. 그렇게 남은 거리를 즐기며 경기를 마쳤다.

피니시 하자마자 메달 대신 손에 완주 기념컵을 쥐어준다. 컵을 들고 네 발자국 걸어가니 그 컵에 얼음물을 가득 부어준다. '아! 저기 맥주도 있네.' 평소에 술을 잘 못하지만 그날은 이상하게 맥주가 날 끌어당겼다. 목을 따끔따끔하게 쓸고 내려가는 맥주의 기포가 그렇게 반가울 수 없었다. 그냥 컵도 아닌 내가 내 발로 달려서 성취한 결과인 피니시 컵에 담긴 맥주는 꿀맛 그 자체다. 메달을 목에 거는 것보다 훨씬 기분이 좋았다. 결과는 100명 중에 73등. 결과가 뭐 중요해. 완주하면 된 거지. 괜한 욕심 부리지 말고 즐겁게 달리자!

핑거레이크스50(Fingerlakes50s) 대회는 여러모로 기억에 남는 경험이다. 이런 시간을 위해 현실에서도 참 열심히 달려왔다. 돌아가서도 이 공백을 메우기 위해 몇 배의 노력을 기울여야겠지. 하지만 다시 오지 않을 찬란한 여름을 보낸 시간들. 지나온, 그리고 앞으로 통과할 시간이 결코 힘들게 느껴지거나 두렵지 않은 이유다. 자유롭게 선택하고 선택에 대한 책임을 지는 삶. 이것이 내가 나답게 사는 방법이다. 지금도 나는 혼자 기분을 내고 싶은 날이면 피니셔컵에 내가 가장 좋아하는 음료수를 담아 마신다. 사실 알코올과는 그리 친하지 않아서 포도주스를 담아 마시는 날이 더 많기는 하지만 말이다. 뭐 나만 아는 그런 느낌에 도취된 순간이 그냥 좋다.

# 에너지 마커스 러닝팀

예예예예~! 손을 마주 걸고 엄지손가락을 치켜세우고 인사를 나눈다. 헉! 이 당황스러운 인사법은 뭐지? 나도 모르게 뒷걸음친다. 보아하니 나만 그런 것은 아닌 듯하다. 주위를 스캔해보니 오늘 처음 에너지클럽에 온 사람들 대부분이 적잖이 놀란 듯하다. 여기 모인 기존 멤버들의 에너지가 흘러 넘쳐 감당이 안 되는 느낌이라고 해야 하나. 주변에 에너지클럽에 다녀왔다는 사람들이 하나둘 늘어나고 SNS 상에 공유되는 사진들만 봐도 긍정의 기운이 느껴진다. 게다가 기존 멤버의 추천으로만 신규회원을 받는 모임이란다. 나는 이 모임을 만들고 이끌고 있는 곽동근 소장과의 인연으로 처음 방문하게 됐다. 한 마디로 이곳은 '당신이 행복해지는 방법을 연구하는 모임'이고 이런 기운이 스며들고 물들어 더 번져나가기 위해 실천하고 배움을 이어가는 곳이다.

매월 둘째 주 토요일이면 60명에서 70여 명의 멤버들이 오전 7시부터 만나서 의미 있는 강연도 듣고 서로의 일상을 공유하고 에너지를 나누는 시간을 10년째 가지고 있으니 이 사실만으로도 에너지클럽의 진면목을 알 수 있다. 부산, 전주, 제주도 할 것 없이 지방에서도 참여하는 사람들이 제법 있다. 그뿐만 아니라 이 모임이 주는 영향력이 좋아 자신의 지역에서 에너지클럽을 이어가는 사람들도 있다. 나는 부산과 전주 에너지클럽에 강연자로 초대받아 다녀왔다.

전주 에클(에너지클럽의 줄임말)에 갔을 때 강연 전에 한 중후한 남성과 같은 조에 앉게 됐다. 그는 나지막한 목소리로 여기가 도대체 뭐 하는 모임이냐고 물어왔다. 이분도 내가 처음 느꼈을 문화적 충격을 경험하고 있다는 직감이 들었다. 그 사람은 자신을 에너지 관련 업계에 종사하고 있다고 소개했다. 더불어 에너지클럽을 신재생에너지나 관련된 공부를 하는 학회 비슷한 느낌의 모임으로 알고 신청했다고 한다. 잘못 온 거 같다고 일어서려는 그 사람에게 이왕 오신 거 뭐 하는 모임인지 궁금하다면 경험해보라고 말했다. 결과적으로 모든 과정이 끝난 세 시간 후 그는 그 어느 누구보다 밝은 표정으로 다음에 또 만나기를 기약하며 나갔다. 여기가 이런 곳이다. 궁금한 사람들은 꼭 한 번 참석해보길 권한다.

에너지클럽에 대한 소개를 했으니 이제는 마커스 나비 독서모임에 대해 이야기해보자. 마커스 나비 독서모임 역시 6주년을 맞이한 오랜 독서모임이다. '흔적을 남기는 사람들의 독서모임'이라는 슬로건 아래 회복탄력성에 대한 강연을 하고 있는 김근하 대표를 중심으로 책을 사랑하는 사람들이 모여서 책과 저자의 이야기에 귀를 기울이고 배움을 이어가는 곳이다. 김근하 대표는 《내 마음은 충전중》의 저자기도 하다. 나는 저자로 여러 독서모임에 초대받아 특강을 한 경험이 있는데 특히나 마커스 독서모임에서 받은 감동은 잊을 수가 없다. 당시에 청중 모두가 단순히 책을 들고 온 것이 아닌 빽빽한 메모와 함께 형광펜으로 책을 정말 정성스레 읽고 참석했다. 저자인 나 이상으로 책 내용을 이해하고 공부한 모습에 감동받지 않을 사람이 있을까.

이렇게 오랜 기간 동안 살아 있는 커뮤니티인 에너지 클럽과 마커스 독서 나비가 러닝이라는 공통분모를 통해 뭉쳤다. 그리고 에너지 마커스 러닝팀이라고 부르게 됐다. 처음에는 7명이 모여 나와 함께 교대 트랙을 달렸다. 내가 알고 있고 경험한 내용을 토대로 기본자세를 잡고 조깅을 하면서 달리기와 친해지기를 시작했고 7명의 러너가 있던 단톡방은 어느새 24명으로 늘어났다. 게다가 2019년 손기정 평화 마라톤에 무려 15명의 러너가 참여해서 모두 목표를 달성했다. 첫 하프에 도전하는 5명과 유경험자 1명, 그리고 또 다른 유경험자 1명과 생애 첫 마라톤 10킬로미터를 신청한 8명. 작가, 심리상담사, 기업 교육담당자, 유명 유튜브 강연자 등 다양한 연령대와 직업을 가진 달리기와는 담을 쌓고 지내온 15명의 러너들. 우리가 세운 목표는 남달랐다.

곽동근, 하프, 눈 풀리지 않게 완주

김근하, 하프, 2시간 20분대 웃으며

임상문, 하프, 무사히 포기하지 않고 완주~^^

마정수, 하프, 완주하기

이준태, 하프(21킬로미터), 다친 곳 없이 제한시간 안에만 완주하기

박명선, 하프, 걷지 말자 완주하자 시간은 그냥 할 수 있는 만큼 뛰자

김유선, 10킬로미터, 달리기 멈추지 않고 끝까지 달려서 완주하기를!

박근정, 10킬로미터, 달려서 완주

이미숙, 10킬로미터, 무사히 완주하기를 목표로~~

이기호, 10킬로미터, 즐기며 완주~♡

최수정, 10킬로미터, 1시간 25분 내

이상훈, 10킬로미터, 두 번째 출전 57분 안쪽 도전

박다해, 10킬로미터, 즐기면서 완주

유미애, 10킬로미터, 내 숨과 보폭으로, 그 시간을 맘껏 즐기기

이하림, 10킬로미터, 즐기며~ 무리되지 않게 달리기^^.


　누구에게는 별 볼일 없는 목표로 보일지도 모른다. 하지만 나는 이런 목표가 참 좋다. 속도 경쟁을 하거나 타인의 시선을 신경 쓰기보다 자신의 걸음, 호흡에 맞춰 집중하며 즐기는 것의 가치가 느껴진다. 나 역시 런린이 시절 달리

는 행위 자체가 즐거웠고 그것만으로도 감사했다. 완주만으로도 감격하고 행복했고 그건 뭐 지금도 마찬가지다. 어쩌다 운 좋게 입상해본 적도 있지만 여전히 펀런모드가 좋다. 이건 지극히 개인의 취향일 터. 함께한 모두 완주했고 웃었고 즐거웠다. 자신의 두 다리로 해낸 성취에 마음껏 행복해했다. 그들의 표정을 보며 나는 더 큰 감사함과 행복을 느낀다. 에너지 마커스 러닝 멤버들은 나를 코치라고 부른다. 그리고 자꾸만 내 덕분에 달리기를 하게 됐고 행복해지고 있다고 한다. 나는 코치라는 말을 들을 때마다 부끄럽다. 그냥 이름을 불러달라고 해도 코치는 영원한 코치라며 바꿀 마음이 없어 보인다.

그저 함께 즐겁게 달렸고 충분히 할 수 있다고 말을 한 것뿐이다. 모든 노력은 함께 달린 그들 스스로 한 것이고 자신이 만든 성과다. 그저 지금처럼 건강하고 즐거운 러닝을 이어가준다면 그것만으로 나는 정말 행복할 것 같다. 처녀출전을 마친 후 맛있는 점심을 함께하는데 달리기 이야기가 끊이지 않는다. 대회 중에 비도 오고 날도 추워서 고생했을 텐데, 거기에 말 안 듣는 다리 때문에 힘들었을 텐데 피니시

하는 표정은 다들 세상 다 얻은 듯 벅차 보였다. 그뿐만 아니라 식사 중 내년엔 어느 대회에 나갈까 이야기하며 들뜬 표정을 짓는 모습에 가슴이 뭉클해진다. 그리고 15명의 완주 소식에 에너지클럽과 마커스 독서 나비의 움직임이 심상치 않다. 더 많은 런린이들이 합류하게 될 것 같은 느낌적인 느낌이 든다. 경험하고 싶어하는 사람들을 위해서 나 역시 역량을 키워가야겠다고 다짐해본다. 그래요. 지금처럼 꾸준히 달리기를 즐기며 가다보면 다음엔 또 새로운 곳에서 풀로 뛰게 될 거예요!

# 나답게 존재하기

～～～～～～～～～～

　내가 산책 삼아 훈련 삼아 달리는 길 옆쪽에 낡아서 색이 바랜 나무 의자 하나가 놓여 있다. 보통 때는 숨차게 뛰어가느라 지나치는 곳이지만 그날따라 커다란 나무가 굽어보는 아래에 있는 작은 벤치에 드리워진 그늘이 제법 시원해 보였다. 잠시 앉아서 여유를 가질까 싶어 다가갔다. 의자 틈 군데군데 거미줄이 쳐 있는 것이 사람의 온기를 느껴본 지 오래된 듯하다. 딱히 무서워하는 건 없는데 작은 곤충들은 정말 무섭다. 앉으려다 거미줄을 보고 주춤거렸다. 벌레가 있는지 살피며 가만 보니 그 나무 의자 틈 사이에 풀꽃 하나가 홀로 피어 있다.

불현듯 나태주 시인의 〈풀꽃3〉이 떠올랐다.

기 죽지 말고 살아봐

꽃 피워봐

참 좋아

그래 그렇다. 이름도 없는 풀꽃. 번듯한 제 자리도 없이 낡은 나무 의자 사이를 비집고 올라온 작은 존재지만 그 존재 덕분에 나무 의자의 텅 빈 자리가 조금은 메워지는 듯했다. 서로 외로움을 채워주는 존재처럼 보였다. 그냥 지나칠 수 없었다. 숨죽여 그 풀꽃을 들여다보다 사진에 담았다. 누가 알아주지 않아도 풀꽃은 지금 이 순간에 오롯이 자기 자신으로 존재하고 있다는 사실. 지금의 나는 나답게 존재하고 있나?

갑자기 감성지수가 최고조에 이르며 나와 풀꽃, 그리고 달리기가 묘한 교차점에 놓여 있다는 생각이 들었다. 타인에게 '그게 가능하겠어? 너는 거기까지야'라고 규정 당하고 스스로에게도 '안 되는 일에 너무 힘 빼지 말자'라며 외면

당하며 기 죽어가던 내 가능성을 '그럼에도 해봐' '거봐 할 수 있잖아'라며 발현시켜준 것이 달리기다. 달리는 순간엔 온전히 내 호흡, 발걸음 하나에 집중하며 내가 나로 존재할 수 있다. 그뿐인가. 자연 속을 달리며 받은 에너지 덕분에 내 삶도 꽃 피울 수 있게 됐다. 풀꽃 하나에 내 모습을 투영해볼 수 있다니, 놀라운 발전이다. 아프다는 핑계로 몸을 쓰지 않고 차를 타고만 이동했던 그때는 전혀 느낄 수 없는 감정과 감각들. 이렇게 달리기는 나를 온전함으로 이끌었고, 나는 달리기를 통해 자연에 더 이끌리게 됐다.

마침 바람이 내 볼을 스쳐 지나간다. 눈을 감으니 나뭇잎 사이사이를 지나가는 바람 소리가 마치 파도 소리처럼 들린다. '아 좋다'라는 말이 나도 모르게 튀어나온다. 오감이 깨어난다. 치열한 하루를 살고 최선을 다해 지금을 지낼수록 가끔씩 일상의 좌표를 변경해볼 필요도 있다. 나에게 있어 일상의 좌표를 변경하는 시간은 자연 속을 달릴 때다. '삶은 풀어야 할 숙제가 아니라 살아내야 할 신비다.' 이 말은 신문을 읽다 건져 올린 한 문장이다. 숙제냐 신비냐, 같은 상황을 어떻게 바라볼 것인지는 온전히 내 선택이다. 숙제 같은 오늘을 살지라도 매 순간 자연과 삶이 만들어내는 신비를 느끼며 깨어 있길 바란다.

지나간 한 끼는 돌아오지 않으니까 대충 먹으면 대충의 내가 되는 거고, 지나간 오늘은 결코 돌아오지 않으니까 대충 살면 대충의 내가 되겠지. 그러기에 한 번뿐인 이 순간에 잘 존재하는 것. 그것이 내 삶의 목표다.

# 어디까지 가게 될까

～～～～～～

"다음엔 칠레 아타카마사막레이스 250킬로미터를 완주하고 싶습니다!" 말을 뱉었다. 그것도 공중파 방송을 통해서 말이다. 국내외 자연 속 비경을 담아 방송하는 KBS〈영상앨범 산〉에 출연했을 때다. 마지막 인터뷰에서 다음 목표에 대해서 실천하는 삶과 사유하는 삶을 살아가고 싶고 다음번에는 아타카마사막레이스에 도전하고 싶다고 말한 것이다. 너 이제 빼박이야, 꼭 가야겠다며 지인들이 말했다. 주워 담을 수도 없고 주워 담고 싶지도 않다. 타인에게 거짓말을 한 것보다 내가 나에게 지키지 못할 약속을 하는 게 끔찍하게 싫은 사람이다. 가야지.

2020년 9월에 나는 아타카마에 있을 것이다. 빨리 돈부터 모아야겠다. 체력도 기르고, 할 일이 많다. 갈 길이 멀다. 그런데 그만큼 설렌다. 참 이상하다. 이걸 뭐라고 표현해야 하는 건지. 가끔 내가 봐도 내가 참 신기하다. 이미 그곳에 다녀온 사막 선배들의 입을 통하면 아타카마사막은 사막의 끝판왕이란다. 사막의 끝판왕! 이 말이 또 나를 잡아끈다. 왕은 깨라고 있는 거지! 나는 참 이상한 포인트에 꽂힌다. 이게 좋은 건지 나쁜 건지 잘 모르겠지만, 꽂히면 가는 성격 덕분에 이렇게 잘 저지르며 살고 있다.

아타카마는 생각 이상으로 힘든 곳이라고 한다. 고비사막의 몇 배로 어렵다고 하니 단단히 마음을 먹고 준비도 철저히 해야 할 것 같다. 고도가 높은 곳이라 첫날부터 고산증세로 많은 선수들이 비실댄다고 한다. 악마의 발톱이라는 지형을 지나갈·때는 뾰족한 돌들과 단단하게 뭉쳐진 흙들이 신발을 뜯기게 하고 발이 만신창이가 된다고도 한다. 허리춤까지 밀려들어오는 얼음장 같은 계곡을 하염없이 가야 한다고도 한다. 일교차가 너무 커서 밤에는 추워서 잠을 자기 힘들고 극도로 건조한 지역이라 혈관들이 터져 수시로 코피가 나기도 한단다. 이런 이야기 저런 이야기를 들으며 아타카마에 대해 상상해본다. 무시무시한 경험담을 들어도 겁이 나기는커녕 빨리 그곳에 가고 싶다. 가봐야 안다. 같은 공간 속에서도 다른 것들을 느끼는 게 사람 아닌가? 내가 그곳에서 느낄 감정들이 궁금하다. 알 수 없다고 해서 두렵다고 해서 그것을 피하고 싶지 않다.

그건 내가 스스로 삶을 포기하는 것과도 같다. 우리 삶역시 그 끝이 어디일지, 당장 내일 발밑에 무엇이 놓여 있을지 알 수 없다. 그렇다고 해서 멈춰 설 것인가? 안주할 것인가? 나아가지 않을 것인가? 아니다. 우리는 그럼에도 자신의 위치에서 묵묵히 한 걸음씩 옮기며 전진한다. 우리 모두그렇게 살고 있다. 이미 외면도 내면도 강인한 사람들이다. 무엇이든 못할까. 달리기도 마찬가지다. 처음 달리기를 시작한 런린이들은 앞으로 10킬로미터 이상은 안 뛸 거라고들이야기한다. 또는 내 인생에 풀코스란 없다며 절대 장거리대회는 나가지 않을 거라고 단정 짓기도 한다. 나 역시 그랬었으니 충분히 그 마음 이해할 수 있다. 하지만 장담할 수 있는 것은 없다.

스스로 한계를 지우지 말자. 과연 몇 킬로미터까지 달릴 수 있을지, 얼마나 빠르게 뛸 수 있을지는 중요하지 않다. 미리 선 긋지 말고 몸이 나아가는 대로 마음이 시키는 대로 그저 즐겁게 임하는 것이다. 그러다 보면 생각보다 아주 먼 곳까지 나아가는 자신을 발견하는 순간이 올 것이다. 그리고 그 길 위에서 누구보다 행복한 자신을 발견하게 될 것이다. 장담한다. 달리기나 인생이나 끝까지 가봐야 안다. 삶도 달리기도 피니시 직전까지 장담할 수 있는 것은 아무것도 없기에 모든 가능성을 열어두고 달려보자. 어디까지 가게 될지 그 끝은 어디일지 함께 가보자.

달리기가 나에게 알려준 것들

2020년 6월 1일 초판 1쇄 발행

| | |
|---|---|
| **지은이** | 오세진 |
| **펴낸이** | 김남길 |
| **펴낸곳** | 프레너미 |
| **등록번호** | 제387-251002015000054호 |
| **등록일자** | 2015년 6월 22일 |
| **주소** | 경기도 부천시 소향로 181, 101동 704호 |
| **전화** | 070-8817-5359 |
| **팩스** | 02-6919-1444 |

ⓒ오세진, 2020

프레너미는 친구를 뜻하는 "프렌드(friend)"와 적(敵)을 의미하는 "에너미(enemy)"를 결합해 만든 말입니다.
급변하는 세상속에서 저자, 출판사 그리고 콘텐츠를 만들고 소비하는 모든 주체가
서로 협업하고 공유하고 경쟁해야 한다는 뜻을 가지고 있습니다.
프레너미는 독자를 위한 책, 독자가 원하는 책, 독자가 읽으면 유익한 책을 만듭니다.
프레너미는 독자 여러분의 책에 관한 제안, 의견, 원고를 소중히 생각합니다.
다양한 제안이나 원고를 책으로 엮기 원하시는 분은 frenemy01@naver.com으로 보내주세요.
원고가 책으로 엮이고 독자에게 알려져 빛날 수 있게 되기를 희망합니다